HAUNT FOX

鬼狐狸

〔美〕吉姆·凯尔盖德 / 著

秦鹏 / 译

重庆出版集团 重庆出版社

图书在版编目（ＣＩＰ）数据

鬼狐狸 /(美) 吉姆·凯尔盖德著；秦鹏译. 一重
庆：重庆出版社, 2022.12
　　（传世动物文学书系 / 刘丙海主编）
　　ISBN 978-7-229-17382-1

Ⅰ.①鬼… Ⅱ.①吉… ②秦… Ⅲ.①长篇小说 – 美
国 – 现代 Ⅳ.①I712.45

中国版本图书馆CIP数据核字（2023）第002438号

鬼狐狸
GUI HULI
[美]吉姆·凯尔盖德 著　　秦鹏 译

责任编辑：周北川
责任校对：朱彦谚
封面设计：璞茜设计

重庆出版集团
重庆出版社 出版

重庆市南岸区南滨路 162 号 1 幢　邮政编码：400061　http://www.cqph.com
三河市金泰源印务有限公司
重庆出版集团图书发行有限公司发行
E-MAIL：fxchu@cqph.com　邮购电话：023-61520646
全国新华书店经销

开本：787mm×1092mm　1/16　印张：10　字数：126千字
2023 年 3 月第 1 版　2023 年 3 月第 1 次印刷
ISBN 978-7-229-17382-1

定价：25.00 元

如有印装质量问题，请向本集团图书发行有限公司调换：023-61520678

"传世动物文学"书系（100卷本）简介

　　动物文学资源丰富多彩，被介绍到中国来的外国作品只是其中很小的一部分。到目前为止，图书市场上没有一套成系统、有规模地囊括世界各国动物文学的书系，"传世动物文学"书系就是要把世界各国优秀的动物文学作品，分批次、成系统地介绍给中国的少年儿童读者，让他们对动物文学的多样化有一个全方位、新鲜的了解。本书系计划出版100本。

　　动物不只是冷漠无情、凶猛好斗，它们也有天真单纯、优雅有趣的一面；我们也能发现它们的灵性与智慧，还可感受到它们友爱的家庭氛围，甚至被它们的自我牺牲精神所震撼。动物的世界是人类世界的缩影，动物的生活和人的现实生活一样，有着悲欢离合的故事，也闪烁着打动人的美德。读每一本书就是在森林里上一堂课，从这些森林课堂里孩子们会懂得许多有关人与自然的道理，明白人和动物不是仇敌，而是平等的灵魂。只有理解、尊重并爱护它们，才不会招致它们的误解，才会得到它们善意的回报。

　　让我们走向大自然，走进神秘的动物世界，近距离了解与我们同一片蓝天、同一个家园的朋友——动物。

杰克跑过平坦的山顶，奔向一片阔叶林，静静地站在一棵树旁。这是一个他常有的举动；在桑德狂吠的地方，跑过一只狐狸，应该是朝着阔叶林跑来的。桑德的声音越来越近了，杰克紧张起来。他猜对了，那只神出鬼没的狐狸来了。过了一会儿，杰克看见了它，于是把猎枪扛在了肩上。

谨以此书献给欧文·克兰

译者序

你心目中的狐狸是什么样的？奸诈狡猾、邪恶无情？你心目中的猎狐人又是什么样的呢？

主人公杰克·克劳利是一位满心憧憬着成为一名猎狐人的少年，他早早就为自己挑选了一位猎狐的好伙伴——猎狐犬桑德。可他没想到，初次猎狐，他就碰上了一个棘手的对手——传说中神出鬼没的狐狸斯塔尔。当然，斯塔尔才是这个故事中真正的主角。在这本书的翻译工作中，译者也不由得频频为这只狐狸的机智勇敢而赞叹。

狐狸的一生要经历种种磨难，从出生开始，强敌环伺，能够坚持到成年的，便已经是家族中的佼佼者。成年的狐狸要经历求偶、繁衍、哺育的过程，除了应对危机四伏的自然环境以外，还要年复一年、日复一日地躲避人类千方百计设下的陷阱；在猎狐的旺季，它们更可谓是每走一步，都在和猎狐人斗智斗勇。在这本书的故事中就为读者们展现了各种各样的面孔，有聪明、机警、勇敢且有着"神出鬼没的狐狸"称号的斯塔尔，也有它的宿敌——

邪恶、独行、阴险的野猫斯图布，还有知道自己身患疫病后便远离了伴侣和孩子独自死去的软脚狐狸；有善良、勤劳的克劳利一家，也有冷酷无情、刻薄市侩的猎狐人戴德……这些以大自然的补给为生的人和动物，都有着自己的生存之道，也在日常生活中经受着打磨。

作者用细腻详实的语言带领读者窥探森林中的博弈，令人一次次为狐狸精湛的捕猎之道和逃脱敌人追捕时巧妙的思维模式而赞叹，这也是本书的一大亮点。作者通过对狐狸狩猎过程的叙述，让读者了解这种动物独特的习性以及它们从出生到死亡所肩负的自然使命。本书寓教于乐，通过有趣的、巧妙的故事桥段让读者了解到生存在大自然中的野生动物的奥妙。最为难得的是，在这个故事中，作者运用了少年杰克·克劳利的视角，让读者们不禁思考人类与野生动物的关系——是像克劳利一家一样，在野生动物面临疫病的危难之时主动伸出援助之手，还是像戴德一样尽情索取，只顾自己的盆满钵满呢？

无论是大朋友还是小朋友，都可以从这本书中寻得趣味，更为宝贵的是启发他们思考和得到答案。

目录

CONTENTS

第一章　袭击者

这是一个漆黑的夜晚，只有那些不懂事的、年少轻狂的，或饥肠辘辘的家伙才敢冒险离开灌木丛、沼泽和洞穴——那是野兽们遇到困难时的庇护所。

天空中乌云密布，像黑色大海中起伏不定的海浪一样，波涛汹涌。一阵凛冽的风吹过光秃秃的枫树、桦树和白杨，把那些仍然紧紧地抓着粗糙橡树和小山毛榉枝干的枯叶刮得咯咯作响。一丛丛松树和一丛丛铁杉在黑暗中低着头，仿佛在互相低声耳语。

在这个没有月亮、没有星星的危险夜晚，两只年轻的狐狸走了过来，是斯塔尔和它的兄弟布拉什。

它们都非常年幼，自它们在半山腰的巢穴出生以来，只过去了一个春夏。夏天是一个充满喜悦的季节，正是玩耍和成长的好时候。斯塔尔和布拉什像这世上所有的幼崽一样彼此扭打在一起，和其他的三个姐妹摔跤。后来，它们跟着父母离开了巢穴，勉勉强强地学会了狩猎。它们非常了解老鼠和兔子。父母告诉它们可以在矮树枝上找到在夜间栖息的鸟，它们还对那些外八字脚的雪

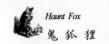

兔也有了一定的了解，这些雪兔跑得很快，很难抓。斯塔尔和布拉什学会的刚好够用来照顾它们自己，如果运气好的话，它们能在荒野中生存下来。

从出生的那天起，它们便形影不离了。一直以来，每当所有的五只幼崽打响一场混乱的争夺战时，结果总是斯塔尔和布拉什并肩作战，保卫着它们巢穴边上的一块石头、一小片草地或一棵小铁杉。当它们第一次跟随父母打猎时就是跟对方一起，从那以后，它们再也没有分开过。

它们不知道妈妈和另外三个姐妹在哪里，对它们来说也是一样的，因为在戴德·马特森的皮草房里，它们四个的毛皮都被伸展开来，挂在干燥的板子上。当时狐狸皮还不是最好的，但是每抓到一只狐狸就有两美元的赏金，而且据山上的人说，戴德·马特森除了劳作以外什么都愿意干。

这一窝的父亲是一只又大又黑的英俊的雄狐，它非常机智和狡猾，它很清楚在它的配偶和女儿们身上都发生了什么。如今，它独自离开，变成了一个游荡的、冷酷的、寂寥的动物。按狐狸的年龄计算，它已经老了，再也不会有别的伴侣了。它不想再和它的儿子们有任何关系了，因为在雄狐的生命中有一种由来已久的恐惧。多年以来，它在同族中一直处于至高无上的统治地位。但有一条亘古不变的铁律——无论一个个体变得多么强大，它都不可能永远处于统治地位，因为必将有年轻的一代取代它。因此，老雄狐对它的儿子们又恨又怕，每次它们经过时它都要去追赶它们。而它从未抓住并杀死它们的唯一原因，是它们跑得比它快。

斯塔尔和布拉什因为饥饿外出觅食。如果它们长大了，变得更聪明，它们就会像父亲那样忍受饥饿的痛苦，待在灌木丛或洞穴附近，在那里它们可以很快找到栖身之所。但在它俩的经验中，还没有经历过什么事能让它们知道这个道理。

斯塔尔走在布拉什前面一点，它们绕过一片月桂树丛，希望能在那里找到一只粗心大意的兔子。斯塔尔已经长得几乎和它父亲一样大了，只是还需要一些时间，便可以像一只完全成年的狐狸那样坚韧强壮，而它的皮毛比一般红狐的颜色要深得多。它的毛刷——也就是尾巴，长长的，毛茸茸的，似乎是它身体的优雅延伸。它的耳朵尖上点缀着黑色，尖尖地立起，像警犬一样；它的眼睛里闪烁着与生俱来的敏锐，那光芒总有一天会成为生存的智慧。在它胸部的正中央，有一个星形的白点。

它的兄弟布拉什，比它稍微小一点，皮毛颜色浅一点，不像它那么强壮，也不具备那种无法形容的品质，那些标志着斯塔尔能够成为领袖的品质。

斯塔尔停下了脚步，用它那尖尖的鼻子把绕着它旋转的气流筛了一遍。它闻到了一股微弱的气味，是正在栖息的松鸡。就在它身后，布拉什也停了下来，等着斯塔尔先作出一个明确的动作，但等了大约两分钟，斯塔尔根本没有动。

在它们的旁边是一个小沼泽地，那里生长着白杨、铁杉、桦树、月桂树和杜鹃花，还有几棵松树。斯塔尔知道松鸡就在那片沼泽里，但它无法确定它们的具体位置。它保持镇定，四肢稍作休息，努力地辨别着风向。

和松鸡的气味混合在一起的，还有一只同样在沼泽里觅食的

母鹿的气味。另外，那气味里还有兔子几个小时前撒的尿臊味，以及臭鼬的气味——这臭鼬在野外觅食到很晚，但现在正睡在一个空树桩下；还有冬眠的熊发出的腐臭味儿。斯塔尔仔细地嗅着所有的气味。

它对母鹿不感兴趣：鹿的体形太大了，狐狸征服不了它。而臭鼬，更不用说了，它从过去悲惨的经历中知道，最好还是不去招惹它；熊更是一点希望都没有。但是松鸡就不同了。

斯塔尔翘起鼻子，从各种各样的气味中筛选着。它捕捉到了松鸡的气味，开始跟着它走。但仅仅一秒钟，那气味就消失了，它不知道怎么才能让那气味留在鼻子里。斯塔尔突然停了下来，转过身来和它的兄弟碰了碰鼻子。

斯塔尔再次出发，它沿着一条直线前进，仍然用鼻子嗅着风中的气味。虽然它不是一个专业的猎手，但它对松鸡的了解足以让它意识到，在这样的夜晚，松鸡会在一个避风的地方栖息，风不会直接地吹向它们。

它是对的。它们藏在一片密密麻麻的铁杉林中，那里的小树长得是那么紧密，针叶密布，就算是最猛烈的风也吹不到中间去。在布拉什沉默的身影下，斯塔尔溜进了灌木丛，在小树丛中穿行。现在气味很强烈，所以绝对不会有差错。

但是，早在斯塔尔到达松鸡所栖息的那棵树之前，它就有了第一次失败的感觉。源源不断的气流带着松鸡的气味从高处飘来。因此，它肯定够不到那些鸟。

斯塔尔走到灌木丛中最高的铁杉跟前，证实了它的怀疑。五只正在栖息的松鸡舒舒服服地睡在一根树枝上，它们的高度足够低，好让周围有足够的树木来抵挡风的力量；但是它们的高度也足够高，好让在地面上徘徊的捕猎者们没有一点机会能够接近它们。

尽管它们很失望，但这两只小狐狸还是没有发出一点声音。如果松鸡认为自己是安全的，它们就会继续栖息在铁杉丛中，就有可能会在某个晚上选择较低的树枝，那么它们就会把自己放在狐狸能够攻击到的范围内。

斯塔尔又停下来，和它的兄弟一起用鼻子嗅了嗅，然后犹豫了一下。风刮得很厉害。几片雪花随之飞舞，啪嗒啪嗒地打在结了冰的叶子上。斯塔尔有一种不安的预感，但它不像那些经验老到的家伙那样，它不知道一场大风暴正在酝酿之中。

在它们的前方，树叶沙沙作响，斯塔尔高高跃起，用两只前爪落在移动的树叶上。这是一种众所周知的捕鼠方法，但斯塔尔还没有完美地掌握这个技能。把树叶弄得沙沙作响的老鼠从它的两爪间溜了过去，钻进了地下隐蔽的洞穴里去。斯塔尔闻着那暖烘烘的味道，饿得舔了舔上颚。

布拉什不耐烦地侧着身子走了过去，而斯塔尔却一动不动，不想再带头。布拉什从斯塔尔原本规划好的行进路线上转过身，从生锈的铁丝栅栏下滑过，开始向山上的一片月桂树走去。斯塔尔心甘情愿地跟着它。山顶上有许多白靴雪兔，虽然它们还一只都没有抓到过，但总希望能抓到一只。白靴雪兔几乎从不寻求庇护所，即使在这样的夜晚也会在外面游荡。

它俩平稳地小跑着，几乎像是顺流而下，斯塔尔和布拉什到达了山顶，进入了月桂灌木丛。布拉什顺风而行了几分钟，因为

只有这样做它才能走上一条更好走的路线，而不是逆风。斯塔尔紧张地竖起警觉的耳朵，放慢了脚步。它们从一棵被风吹倒的树干弯曲的树下走过。

灾难如此突然地降临在它们身上，布拉什被击倒的时候斯塔尔甚至还完全不知道发生了什么事情。接着，它反应过来，一瞬间就跳了出去。尾巴紧紧地卷在它的屁股上，它皱起眉头，发出了狂怒的咆哮。

不到一码远的地方，有一只野猫与它面面相觑，是斯图布。在过去的两个星期里，这个又老又邪恶的山贼在月桂树丛的中心筑了一个巢穴，以白靴雪兔为食。它是一个狡猾的猎手，只有它展开攻击的时候才能看到它，它会迅速地杀死猎物，以至于那些受害者们除了能瞥见它一眼之外几乎什么都看不到。今晚斯图布蜷缩在一棵倒下的树上，等着白靴雪兔的出现，但它更乐意接受一只小狐狸。

它站在那儿，两只前爪搭在一动不动的布拉什身上，低声咆哮着，用它那双黄色的猫眼望着斯塔尔。斯图布并不害怕，它能够袭击并杀死一只成年的鹿，除了戴德·马特森以外，它什么都不怕。

斯塔尔骤然感到一股寒意，这寒意与风和寒夜无关。与此同时，尽管它做出了让步，它还是感到自己对这个如此无声无息、如此致命的家伙的愤怒之情上升成了憎恨。但它不敢反抗。

斯塔尔突然转身逃走了。它感到强烈的仇恨，同时却又克服不了恐惧。斯图布不知会从哪儿冒出来，攻击它、猎杀它。斯塔尔张着下巴，眼睛里露出绝望的神色，从那个杀害了它兄弟的可怕的家伙身边跑开。

它从灌木丛里一口气跑出来，直到再次站在山脚下才停下来休息。在那里，它颤抖了一会儿，然后回头望向灌木丛；在那里，布拉什死在斯图布的利爪之下。斯塔尔紧紧咬着下巴，发出两声像折断铁夹子一样的声音。它把斯图布的气味和身体特征牢牢地记在脑子里，等它们再见面时，它一定会认出它。

风渐渐减弱了，而此时，大片大片的雪花像特大号的羽毛一样从翻滚的云层中飘了出来。它们飘落的速度如此之快，几乎在几分钟之内，冻僵的地面就变成了一片雪白，枯萎的小草也被掩盖了起来。这将是一场大雪，是古老的原住民记忆中最可怕的风暴。它会源源不断地从天而降，直到黎明的到来，在接下来的一整天的时间里，它还会继续落下，而总会有另一个没有月亮的夜晚会把荒野染黑。在野生动物认为它们已经安全之前，四月的第一批花朵会再次绽放，雪的融化会揭露出湿漉漉的叶子下掩埋了多少具枯骨。

当下，斯塔尔只觉得这陌生的雪令它的脚掌非常寒冷。它惶惶不安地站在原地，一个接一个地举起脚掌，在自己厚实的毛皮上捂几秒钟，再放回雪地里。

到目前为止，夜间的狩猎只带来了悲剧，但悲剧是所有野兽都必须接受的。它们依靠暴力生存，而且几乎无一例外地统统死于暴力。然而，不管发生了什么，不管谁死了，活着的必须填饱它们的肚子，而斯塔尔现在非常饿。

它也不知所措。它已经和布拉什一起走遍了那些总是能找到食物的地方，但什么也没发现。白靴雪兔依然徘徊在丛林中，但

在任何情况下都很难抓住它们，而且斯图布也在那片丛林中徘徊。斯塔尔清楚自己不敢冒险和那只大猫来一场针锋相对的一对一的决斗。

它穿过带刺的铁丝网，一下都没有碰到铁丝网，在不断加深的积雪中小跑，向它所知道的最后一个地方跑去。那便是杰夫·克劳利的农场。它坐落在两座缓坡之间的山谷里，农场由广阔的田野和牧场组成，有一幢温暖的别墅、一个舒适的畜棚、一个鸡窝、一间猪舍、一座冰屋，还有各式各样小型的附属建筑物。但那些都只是它的外表，除了这些之外，这个农场对这只小狐狸来说，有着千丝万缕的依恋。

不止一次，斯塔尔躲在灌木丛里出神地看着杰夫·克劳利的奶牛在碧绿的牧场上吃草。奶牛被赶回家挤奶后，斯塔尔就走上前去，对着它们的足迹嗅上好一段时间，搜寻着它们的踪迹。当它渐渐熟悉了它们之后，它甚至光明正大地在它们面前现身。它们只是盯着它看，对像狐狸这样的东西感到有点惊讶；斯塔尔确信奶牛不会对它有任何伤害，虽然它们是体形巨大而有力的生物，但它们一点也不好战。

还有许多次，当庄园里的人骑着一队队的马在田野里走来走去的时候，斯塔尔会把自己藏起来，一直着迷地注视着。他们犁地，种庄稼，割干草，或者做其他一些人类和马在一起时似乎总是在做的、莫名其妙的事情。但是斯塔尔从来没有在人类面前现身过，它天生就对人类有一种恐惧。

斯塔尔还用它那敏锐的鼻子探索了庄园里许多其他的东西，它闻到的这些气味无疑是克劳利农场最迷人的地方。

有鸡、鹅和鸭的气味，还有斯塔尔最熟悉的猪圈里的浓重的猪腥味，以及谷仓和牲畜棚里的老鼠散发出的诱人芳香。当农舍飘来各种各样对它来说令人讨厌的气味的时候，它会皱皱鼻子。它熟悉从房子烟囱里冒出的木烟味，以及农场的锻炉烧煤时散发出的煤烟味。农场里几乎没有什么事是它的鼻子没告诉它的，但它仍然不够了解这里。

它的一个特点，一个非常明显的特点，就是对任何事物都抱有强烈的好奇心。一片树叶在风中飘动，如果它从远处看不真切的话，就足以使它转身跑上两百码远，以便进行一番彻底的观察。有一次，它全神贯注地站了整整一个小时，只是望着阳光斑驳的池塘里的影子。还有一次，它在一棵大树下躺了半天，就是因为在高高的树枝上，有一只赤栗鼠，也就是我们所说的红松鼠，在不时地抖一抖它的尾巴。

所以，就像它观察其他一切事情一样，它渴望近距离地观察农场，有可能的话，再找点吃的。可是农场周围一直都有人，它害怕人的气味。即使在夜里，它也不敢走近这个人们居住的陌生地方。于是，它犹豫不决，来回踱步。

雪下得很厚，下得很急，而且是大片的雪花，斯塔尔对着它们眨着眼睛。地上的雪几乎已经没过它的跗关节的一半，所以当它移动的时候，身后留下的便是一条沟壑，而不是一条布满脚印的小径。斯塔尔又举起它冰冷的爪子，在厚厚的毛皮上取暖。

过了十五分钟，它转过身，小跑着直奔农场。它迎风而行，当风向改变时，它就跟着风向一同改变路线。它一边向前走，一边用鼻子打探着前方的情况。

斯塔尔停了下来，迎面而来的气流中混合着一股它无法立即分辨出来的气味。对了，它知道了，那是狗的气味。斯塔尔曾多次在一个农场里闻到那里养的毛茸茸的狗的味道，而这次闻到的是从一种比斯塔尔自己大不了多少的幼犬身上散发出的新鲜味道，这气味闻起来没什么过分的威胁感。

这是斯塔尔第一次闻到桑德的气味，桑德是14岁的杰克·克劳利养的一只瘦长的猎狐犬幼犬。此刻，桑德正躺在克劳利家后廊一个温暖的壁龛里，躲避着风雪，很快进入了梦乡，它的爪子在睡梦中抽搐了几下。

斯塔尔大摇大摆地走进畜棚。它在牲口棚周围嗅嗅鼻子，那里的牛在温暖的畜栏里心满意足地反刍，驮马拖着沉重的脚步转悠。马厩的门是关着的，上了锁，但是诱人的气味从一道门没有完全盖住的小小的缝隙里飘了出来。斯塔尔闻到这些气味不禁口水直流，因为那气味中有老鼠的味道，它们正迈着细碎的步子跑来跑去，捡拾着牛和马从食槽里啃食饲料时掉落的谷粒碎屑。

斯塔尔从畜棚的门走到猪圈，像往常一样地嗅了嗅那四只肥壮的黑白相间的猪，它走近时，这些猪甚至都一动不动，全身僵硬，注意力都放在它身上。

附近有一个矮棚子，后门紧闭，正门大敞着，棚子里存放着一辆手推车、一把干草耙、一把犁、一个圆盘耙和一辆带皮顶的轻便马车；在这些东西的后面，放着一些废弃的木板和旧机器，包括一辆坏了的耕田机。在横杆上，四只小鸡找了一个过夜的栖息地。一般来说，它们会和其余的鸡一起待在防狐狸的鸡舍里，但是，当克劳利一家知道暴风雪即将来临的时候，为了赶在暴风雪来临之前把琐碎的活计处理好，没有人有时间去操心这四只流落在外的小鸡。

斯塔尔偷偷地溜进小屋，翘起它那尖尖的鼻子，两眼闪着光。又肥又笨的家禽们闭上眼睛，很快就睡熟了。它们在生命中从来没有遇到过危险，也没有料到会有此刻的境遇。它们离地面如此之近，近到斯塔尔只需向前潜行，把一只前脚放在小鸡旁边，张开嘴便可以一口咬到它们。但就在那一瞬间，发生了一些意外。

在濒死之际的眨眼之间，那只被斯塔尔扼住喉咙的鸡发出了哽塞刺耳的叫声。另外三只小鸡还不知道发生了什么，只知道有什么不对劲的事，便开始咯咯咯地叫。

斯塔尔没有时间可以浪费。这只笨重的鸡几乎是它自己体重的一半，斯塔尔一把抓住了它的脖子，把尸体背到了它的背上，飞快地跑进了黑夜。它刚走出棚屋，就有另外一声巨响划破了夜空。

那是一声滚滚的低沉的咆哮，甚至盖过了呼啸着的风发出的雷鸣。猎狐犬桑德一听到小鸡的叫声马上就醒了。一阵迷途的微风给它带来了斯塔尔的气味，桑德接受了这个挑战。于是，从古至今从未改变过的追逐又开始了；那只猎狐犬开始追逐那只狐狸。

拼了命狩猎的斯塔尔更是紧紧地抓住它的赃物，以最快的速度开始逃跑。但就在它奔跑的时候，它发现桑德和它之间的距离越来越近了。

第二章　失　败

　　在杰克·克劳利过去十四年时间里，他听说了许多有关于猎狐犬狩猎狐狸的故事。杰克的父亲年轻时是一个不知疲倦的猎人，直至今日他仍然认为，在每一场狩猎中，有一只优秀的猎犬来驱赶狐狸是尤为重要的。他们旁边农场的主人乔·梅森和开送奶车的佩里·奥尔布赖特也是这样认为的。在冬天的晚上，这些人会聚集在克劳利农场，一同回顾过去狩猎的美好时光。事实上，他们现在谁都没有猎犬，甚至除了偶尔的一个下午以外，都不再去打猎了。可他们还是对这事津津乐道，而杰克也听得乐此不疲。

　　有时戴德·马特森也会和他们一起聊天。他总是很受欢迎，但是对杰克而言，戴德有些地方让他很不喜欢。戴德比其他人都大，他和其他人都不太一样。其他人都是温暖的、有人情味的，唯独他非常冷酷。当其他的几个人回忆起一些特别令人难忘的狩猎，或者谈论着那些在某次狩猎中穷追不舍、狂吠不止的猎犬时，他们的眼睛闪闪发光，但戴德从来没有这样过。他只会去回忆他卖掉那些不寻常的毛皮时收到了多少钱。

　　杰克生性沉默寡言，总是坐在那些男人身边，一字不漏地听着。在那些冬夜里，当外面的风呼啸而过，窗外结的霜闪闪发光时，他的梦想就此诞生了。他一定要拥有一只自己的猎狐犬。他必须亲身体会这些安静、勤劳的人们口中的乐趣。因为每当他们讨论猎狐犬和猎狐时，看起来总是比其他任何时候都要兴奋。

　　因此，在去年夏天，每当杰克做完了农活之后，他就踩着脚踏车去离家三里远的卡尼维尔镇，打包好一捆报纸，沿路送到各个农舍。他把赚的每一分钱都存起来，在八月份时买下了桑德。

　　杰克亲自从五只年龄相仿、外表十分酷似一片枫叶的猎犬中挑选出了桑德。虽然这些小狗外表看起来很像，但桑德在某些方面和其他四只有所不同，就好比杰克的父亲和戴德·马特森的不同。

　　四只小狗崽趴在围着它们的栅栏上，用后腿直立起来，摇晃着尾巴博得人们的注意。而桑德虽然已经有四个半月大，而且很愿意跟人们友好相处，却不愿随便跟任何一个陌生人卖乖示好。但杰克打开大门走进去时，桑德就一直跟着他。它一本正经地把杰克闻了个遍，然后试探性地舔了舔杰克的手。杰克买下它的时候，它的脖子上系着皮带，心甘情愿地跟着杰克小跑着。

　　这时，杰克心里生起了一丝忧虑。他选择了桑德并且用自己挣来的钱买下了它，但他父亲看到桑德会说些什么呢？倒是跟养狗没什么关系，因为他的父母一开始就同意他养一只狗，他所担心的是父亲会怎么评价这只狗。

　　他带着桑德回了家，刚一到家，父亲就过来看小狗。桑德的个头不小，双眼的眼角下垂，看起来仿佛总是很悲伤似的；它的

上半身是黑色的，下半身是褐色的，尾巴很细；它的耳朵长长的，外面是黑的，里面是棕褐色的，走起路来总是低着头，那耳朵离地面只有几英寸。它总是一副哀伤的表情，但是在它忧郁的眼睛里，流露出的却是温柔和深沉的智慧。沉甸甸的下巴从它的下颚上耷拉下来，这是它浑身上下唯一松弛的部分；它的腿又长又壮，胸脯宽阔，身材匀称；它的黑鼻子似乎永远在寻找某种气味。它是一只上好的猎犬，它的祖先可以追溯到很久很久以前，久到说不清。

杰克的爸爸杰夫仔仔细细地对桑德的胸部、耳朵、爪子的肉垫、尾巴进行了好一番仔细检查，甚至还掰开桑德的嘴，向里面看了看，然后做出了至关重要的评价——

"唔，也许有一天它会变成一只猎狗的。"

这已经足够了，这是来自他父亲的最高赞美。不过，桑德虽然成为了农场这个大家庭中的一员，但是因为杰夫说桑德不是一只家养狗，所以要让它生活在风中、生活在自然的气候之中，感受自然所提供的最好的、最坏的生存条件。一只猎犬必须经历这些，才能懂得如何去面对这样的环境。于是，杰克在门廊的木箱和墙之间给它准备了一个窝。

斯塔尔偷鸡的那个晚上，桑德狂吠起来的时候，杰克睡得正香。即使桑德那样叫了，杰克也迷迷糊糊的没有清醒过来，他好像是在做梦，梦中回荡着一只长着钟形嘴巴的猎狗发出的狂吠，犹如音乐一般的、雷鸣般的狂吠。杰克在床上动了动，模糊地意识到他是应该起床去看看的。可后来，他还是接着睡了过去。

当他再次醒来时，一束非常微弱的光线透过他房间的窗帘射了进来。杰克打了个哈欠，伸了个懒腰，完全清醒了过来。他从床上一跃而起，光着脚踩在冰冷的地板上，浑身发抖，然后蹑手蹑脚地向窗外望去。当他看到厚厚的积雪时，他高兴得倒吸了一口气；因为他的父亲总是说，猎狗在大雪里跑得最快。

杰克扭动着身子穿上衣服，跑进厨房，厨房里的大柴火炉里冒出一股热气。墙上那只嘀嗒作响的大钟告诉他，现在是差一刻七点，只有一道微弱的晨曦斜射在窗户上。杰克想到了还在下的雪，肯定会带来许多活，会有很多积雪要清理，这样门才能打开，然后再去清理甬道和大路，再把木堆上的雪清理掉，另外还要把所有昨天下午可能忘记做的事情做完。总之，不管怎样，这些杂活都要一一处理好。

杰克在火炉旁暖了暖鞋子，随后在靠近木箱的角落里坐下，开始穿鞋。他妈妈已经在做早饭了。她已经在碗里和好了面糊，开始在一个蒸汽烤盘上摊煎饼了，烤盘上的香肠馅饼的颜色已经在变深了。杰克舔了舔嘴唇。

毫无疑问，今天校车肯定无法在雪中穿行。他和他的父亲会在农场周围工作，打理所有需要做的事情。杰克希望明天道路仍然堵塞，农活接连不断。他再次向窗外看去，窗外仍几乎是一片漆黑，他望着群山，或许明天他能有机会和桑德一起溜出去。

的确，就像他的父亲曾说过那样，桑德只是一只八个月大的小狗，在这个冬天就对它有着过高的期望是不明智的。它可能已经有一点儿会追踪猎物了，但可能还没有能够完全掌握到底如何追踪猎物。尽管如此，所有的猎犬都总有出发的一天。

杰克继续盯着窗外，只有他的身体还留在厨房里，其余的部

分，他的灵魂，都在外边的山上了。桑德在一场如火如荼的追逐中坚持不懈，它的咆哮和回声滚滚不断。杰克举起猎枪，瞄准一只奔跑的狐狸，然后——

"杰克！"

杰克内疚地抬头一看，发现母亲已经把麦饼和香肠分放在桌子上的盘子里了。他的父亲正坐下来吃饭，脸上带着淡淡的微笑。杰夫·克劳利是一个大个子，他能把一匹脾气暴躁的马打得停步不前，或是把一袋一百磅重的粮食扔到马车上，但他也是非常温和而且善解人意的。

"小家伙，你最好过来吃点东西。"爸爸说。

杰克努力把山峦和桑德抛在脑后。回到厨房，他突然意识到自己有多饿。他似乎总是很饿，不光是到了饭点儿的时候，只要他一想到吃饭的时候，便觉得饿。

杰夫用叉子在他的盘子里放了六个煎饼和三个香肠馅饼，杰克也是一样。他在薄煎饼上涂上新鲜的黄油，接着把整盘薄煎饼浸在枫糖浆里，然后便开始铲着食物扒拉进嘴里。

"别吃得这么快。"他母亲告诫他。

"对不起，妈妈。"

他放下叉子，茫然地望着桌子对面。在他的脑海里，他又一次和桑德一起出现在山上。他觉得，等到桑德完全掌握如何跟踪狐狸的时候，他甚至都不需要猎枪。

"我发现了！"他母亲说，"这孩子要么是像猪一样地吃，要么就是根本不吃东西！"

他的父亲说："你是想在这场初雪中猎狐吗？"

"没错!"杰克说。他的父亲似乎总是知道他在想什么。

"算了吧,"杰夫建议道,"不管怎么说,你总得等到雪上结了硬壳吧,现在这个样子,猎狗是跑不动的。除此以外,我们还有很多活儿要做。再吃点儿煎饼。"

杰克又吃了三个煎饼和一个香肠馅饼。接着又吃了一块苹果派,他突然就觉得一点儿也不饿了。他看着那一大摞煎饼和剩下的四个馅饼——桑德也会有一顿丰盛的早餐了。

"我去喂桑德了。"他说。

他父亲伸手去拿咖啡壶。"去吧。之后我们最好就开始干活了,已经七点一刻了。"

杰克扣上及膝长的胶鞋,让鞋筒紧紧包在裤子外边。他穿上了一件羊毛夹克,戴上了一顶帽子,帽带扣在下巴下面。他把羊毛手套塞进口袋,拿起一盘薄饼和香肠馅饼,出去找桑德的食盆。

桑德总是知道什么时候可以开始吃早饭,总是在后门摇着尾巴,舔舔杰克的手,迎接杰克。但是今天早上它不在那里,而且已经有好长一段时间都不在那里了。木箱和墙壁之间的地方是桑德经常睡觉的地方,此刻被雪花覆盖着。如果桑德昨晚睡在那里,即使是它最近在那里睡过一会儿,它的体温都会把雪融化的。

杰克绝望地盯着密密麻麻的几乎织成了一块块布的鹅毛大雪,雪把谷仓藏了起来,几乎把离门廊三十英尺远的紫丁香都遮住了。昨晚的梦里,一只猎狐犬穿过暴风雪的声音,此刻又回到了他的耳边。在那令人沮丧的时刻,他知道在谷仓或任何一个棚子里都找不到桑德。在暴风雪中的某个地方,他心爱的猎犬正追踪着一只狐狸。杰克沮丧得胃里甚至一阵恶心。

他回屋的时候，那只拿着打算喂给桑德早饭的手都软了。他把盘子放在桌上，茫然地看着。他父亲的声音打破了即将吞没他的痛苦之墙。

"怎么了，小家伙？"

"桑德不见了。"

"我想它是到谷仓去了，或者到棚子里去了。"

"不，它没有。"

"你怎么知道它没有？"

"我昨晚听见了，它一路狂吠，它出去追狐狸去了。"

父亲什么也没说，只是用一种前所未有的眼神看着杰克。杰克心里感到一种强烈的羞愧，他咬着嘴唇忍住了眼泪。他父亲的表情清楚地告诉了杰夫他正在想什么。桑德是一只上好的猎犬，是唯一值得拥有的品种，全心全意地献身于狩猎和它的主人。不用说，一个好主人应该对他的猎犬同样忠诚。而桑德被背叛了。当杰克听到猎狗的叫声时，他本应该起身出去的。

"来吧，小家伙。"爸爸只说了一句。

他们从后门廊走进十三英寸厚的积雪。雪还在下，落在杰克的睫毛上，融化在他的脸上，覆盖在他的帽子和夹克上。不用说他也知道，一只强壮的猎犬在这样松软的雪地就算用尽全力也跑不了多远。一只八个月大的小狗能走一点远就已经是不错的了。

桑德独自在无边的山中某处，这将是杰克永不会忘记的耻辱。杰克抛弃了它，他必须面对这一点。他想要一把铲子，这样他就可以清理出一条路来，于是他开始朝房子一侧的工具棚走去。他被父亲开口叫住了。

"现在先别管它了。"

杰克吃惊地环顾四周，但没有说出心中的疑问。多年来，他学会了接受父亲的领导，因为父亲总是知道事情最好的解决方法。他们肩并肩，跨过几乎没过膝盖的雪，奋力穿过已经堆到他们腰带这么高的积雪，来到畜棚。他父亲打开门闩，没等大风雪把他们吹进来，便连忙麻利地溜了进去。杰克爬进干草堆，开始为牛马叉干草。

冬日早晨的牲口棚，尤其是刚下过大雪的牲口棚，是能够想到的最令人愉快的地方。牛和马的体温让这里保持温暖，这里还有上千种不同的气味，大多数都很好闻。夏天的劳作所得到的果实都存在这里过冬，里面有春天和夏天一定会再次到来的期待。但今天这个早上，杰克感受不到一点儿愉悦。

喂完了家畜后，他给牛配好了口粮，给马的饲料箱填满了燕麦，又给所有动物都添了新鲜的水。处理好这边的一切之后，杰克又回到暴风雪中，向猪圈和鸡舍走去，他给猪和鸡喂食和添水。等他回到畜棚的时候，他父亲已经挤完奶了。

杰克心情沉重地等待着，因为他们要干活干到晚上才结束。雪下得小点儿了。道路和小径都铺满了雪，等它们被清理干净了，克劳利农场的人才能自由地行动。得把推土机的刀片挂在拖拉机上，这样他父亲就可以在杰克铲路的时候开始清理道路了。

但杰夫没有朝机具仓走去，而是说："在这里等着。我马上就回来。"

杰克坐在一个倒扣着的桶上，痛苦地等待着。他试着告诉自己桑德没有麻烦，但他知道那是不可能的。雪越来越深了。任何

一只独自被困在雪里的小狗，都肯定会有很多麻烦。

他的父亲带着一把点22①口径的来复枪和两个装满东西的纸袋。杰克疑惑地抬起头，杰夫递给他一个纸袋。

"把它塞进你的夹克里，小家伙。"

"这是什么？"

"午餐。走吧。"

他带路来到一个小屋，屋里放着斧子、绳子、雪橇、渔具，以及屋里没有地方放的，但又必须好好保管的所有的零零碎碎。杰夫·克劳利从挂着雪鞋的木桩上取下自己的雪鞋，朝杰克点点头。杰克的心怦怦直跳，双手在颤抖，因为现在他明白了。

他们已经为农场里的每一个动物准备好了维持生命的必需品和急用品。还有许多工作必须做，但所有的工作都可以等到他们到山里把那只走失的猎狐犬找回来之后再做。杰克感激地看了杰夫一眼，哽咽了，说不出话来。

他们穿上雪鞋，走到松软的雪地里。雪很软，一踩就陷进去，尽管他们有装备，也还是陷得很深。杰克还记得，除非新下的雪已经形成了一层薄薄的外壳，否则就算穿了雪鞋也没有什么用，他们还是要费上好一番力气，不过无所谓，他们要去寻找桑德。

根据以往的经验，杰夫直接去了工具棚，在那里，剩下的三只鸡心满意足地在乱七八糟的杂物中刨着。他用一个经验丰富的猎人独特的老练的眼睛敏锐地向四周看了看，一眼就发现了散落在四周的羽毛。他弯下腰，仔细打量着脏兮兮的地板。

---

① 英制的叫法，即0.22英寸，5.59毫米。

"看这儿。"他惊讶地叫道。

杰克好奇地跪在他旁边。小屋的地面是柔软的泥土，斯塔尔留下了它的爪印，就像印在雪地上一样清楚。一般的狐狸爪印和狗爪印没有什么不同，但是这些脚印里，每个前爪的爪印上都多了一个脚趾。

"一只六趾的狐狸，"杰夫说，"如果我们遇到它，一下就能认出它来。"

他走到门口，看着暴风雪。杰克等待着。棚子里是有迹可循的，但是外面刮着风，飘着雪，可能留下的痕迹都被扫光了。没有任何线索能把逃跑的狐狸和走失的狗联系在一起，但过了一会儿，杰夫自信地说：

"它是从南边的山坡上来的。"

"你怎么知道的？"

"从昨晚开始就刮北风了，狩猎的狐狸只会向迎着风的方向移动。桑德一定是在狐狸捉到鸡之后才吓了它一跳，在一段短暂的时间里，它甚至还想从这里大摇大摆地出去。"

"它会把鸡扔掉吗？"

杰夫咧嘴一笑。"我觉得不会。任何一只饿得想跑到棚子里找东西吃的狐狸都会尽可能地多叼着一会儿鸡。走吧。"

他们低下头，一头扎进大雪中。没有一条足迹，没有任何迹象表明桑德去了哪里。但是桑德会跟着狐狸，而杰夫了解狐狸，他试着像狐狸一样思考，这样做是为了沿着狐狸可能行进的路线追踪。

杰夫从不匆忙，但也从不犹豫，走在可能性最大的路线上。

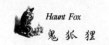

雪在他们周围飞舞，所以他们只能看到几英尺内的物体，但杰夫·克劳利熟知山上的每一个斜坡和每个地方的标志物。他们几乎是没有迷路的危险的。

他们离开田野，进入树林，两人都停下来休息。大雪仍在下，但天气不冷，两人都在冒汗。杰夫在风中大声说话。

"你是什么时候听到那只猎犬的叫声的？"

"我不太清楚。我想大概是在深夜。"

杰夫点点头。"那时没有这么多雪。它们能跑得很远。"

他绕过小山，朝一个树林繁茂的山谷走去。半小时后，他又停下来，四处看了看。风吹过的白杨树上，有一根鸡毛，被风吹得旋转起来，挂在树枝上。杰克的脚趾尖开始泛起一股暖意，一直蔓延到发根。他的父亲非常了解这狐狸，他们走的路没有错。杰克第一次有理由相信他们能够找到桑德。

他们驻扎在山谷里，不懈地寻找着狐狸最有可能走的路；他们经常停下来，好让杰夫能专注地分析路线—— 一只背负着沉重负担的狐狸被一只狗追赶着，它会选择一条最清楚明了的路，因为只有在这条路上它才能跑得最快；它会绕着深深的雪堆跑，而不是浪费时间在雪堆里刨雪；它会避开陡峭的悬崖和茂密的灌木丛——它的目的就是不能让猎犬追上它。

中午过后，在一座森林茂盛的山顶上，他们停下来吃三明治。他们拂去巨石上的积雪，坐下来休息。一会儿，杰夫开始从山的另一边往下走，来到一片枯萎的山毛榉丛中。他走得很慢，仔细地听着周围的动静，观察周围的环境，一直在试图选择出一条狐狸可能跑过的路。

　　下午三点左右，风中夹带着一种微弱的声音。那声音在四分之一英里以外，穿过一道倾斜的小山的山脊，朝着树林茂密的谷口跑去。那声音再次响起，正是猎狗悠扬的叫声。杰夫和狐狸打成了平手。

　　爬了一小段路的桑德又饿又累，但还在与翻落在它背上的雪做斗争，一直到他们找到它为止。桑德的舌头耷拉着，身体上下起伏，几乎精疲力尽。可它仍试着在雪里奋力前行，寻找着那不知怎么就躲过了它的气味。它跟丢了那只狐狸，但是作为一只猎犬，与生俱来的本能告诉它，它是不可能再也找不到那只狐狸的。只要它继续寻找，它就一定能再找到那狐狸。

　　桑德陷在雪地里，摇着它那条又细又长的尾巴，两眼含着笑。当杰夫跪在它身边，把它搂在怀里时，它扭动着身体挣扎。但过了一会儿，最终它还是长长地叹了口气，放松了下来，躺在杰夫的肩膀上。杰克讶异地看着他的父亲。

　　它既不生气，也不恼怒，因为它已经浪费了整整一天的时间，此刻只有完成了工作的满足感。杰夫自己就是一个猎人，他了解也懂得一只优秀的猎犬。当他们返回农舍时，他转身对杰克说：

　　"你选了一只真正的猎犬，小家伙。"

第三章　外　壳

起初，追逐对斯塔尔来说是件可怕的事。这只狐狸以前从来没有遇到过一只猎犬跟在它后面穷追不舍，那只狗兴奋地吐着舌头，发出一种冷酷又可怕的声音。与此同时，这声音让斯塔尔的黑爪子像长了翅膀般地飞速前进。但即使跑得飞快，也没有让它摆脱恐惧，它甚至想到把鸡给扔了。但这顿饭来之不易，斯塔尔决不会轻易放弃。

雪挡住了它的去路，而猎狗因为腿长，可以跑得更快。当桑德把它们之间的距离缩小到几百英尺时，斯塔尔不顾一切地跳上了一棵已经倒下了很多年的大松树的树干。树死了，所有的树皮都没了，只有树枝上的尖刺从不同的角度伸出来。

斯塔尔跳上了树干，凛冽的风把它上面的雪都吹落了，如果它不在雪中穿梭的话，它可以获得更多宝贵的时间。它跑上树干，从树的另一端跳回雪地里，又继续踉踉跄跄地赶路，边跑边听着猎狗的动静。

它听见那只狗的叫声变得微弱了，这说明桑德落在后面很远的地方。斯塔尔在那棵倒下的树周围徘徊着，一声一声地叫着，它稳稳地领先了，与此同时，它牢牢记住了自己是如何做到的。当它跳到树上时，它的踪迹产生了一个断裂，很明显，就是这个断裂欺骗了狗。斯塔尔还不懂得，像它所使用的这种简单的诡计，是不会让一只有经验的猎犬停止超过一秒钟的。但是，桑德还是一只小狗，在追狐狸这事上要学的还很多，正如斯塔尔必须学习如何躲避猎犬一样。

斯塔尔没有那么害怕了，实际上，它已经开始享受这场追逐了。它怀揣着一种刻意想要恶作剧的精神和真正享受游戏的能力——挫败那只猎犬成为了它的游戏。

当斯塔尔再次来到一棵倒下的树前时，它跳了上去，沿着树跑了起来，而这次桑德也只是停下了片刻。桑德也在学习，它没有漫无目的地到处寻找，而是径直走到那棵倒下的树前便找到了脚印，跟着它走。然而斯塔尔并不担心。

它有赤狐那样敏捷的头脑，而且它已经自学了这种通过断开足迹使猎犬停下来的方法。当斯塔尔走到堆积的雪堆中间的一条暗流涌动的小河旁时，它跳了进去，顺着水流来到了泉水的源头，然后再一次跳进了雪里。又跑了半英里，突然，它发现连狗的声音都听不见了。

斯塔尔放慢脚步，在一棵大铁杉下停了下来。它把鸡放下来，用一只爪子按住它，好像这样一来就标志着这只鸡已经被它据为己有一样。它耷拉着舌头，像一只燥热得气喘吁吁的狗。雪不停地席卷而来，它转过身来看着自己一路跑来的地方，一边听着，一边嗅着鼻子打探。仍然没有迹象表明那只猎犬在追踪它。

斯塔尔蹲在雪地里，用两只前爪把鸡抓了下来。它用尖利的牙齿小心翼翼地拔去它胸前的羽毛，甩了甩头，把粘在牙齿上的羽毛甩掉。风把它们卷走，把其中一片吹到附近的一棵白杨树上，挂在一根小树枝上。

它刚开始吃，一阵风就把猎犬的叫声吹了过来，虽然声音微弱，但很清楚。斯塔尔停了下来，直挺挺地站着，用前爪把鸡按住。毫无疑问，桑德已经找到了它的踪迹，又跟上来了。

斯塔尔叼起吃了一半的鸡，继续小跑。它的恐惧消失了，它越来越有信心继续躲避这只狗。它并不急着跑，而是把力气省下来以备必要时冲刺。

它又爬上了更多倒下的树，尽管这个动作已经不会再迷惑住猎犬了。斯塔尔之所以仍然这样跑，只是因为这样的话它就不用再和不断变深的积雪作斗争。当它来到另一股涓涓细流时，它跳进水里，游了一百码，穿过溪水；上了岸之后，它跑了一小段路，又停下来等了一会儿。

它深信那只猎犬还会再来的，它是对的。但这一次，桑德并没有花那么长的时间去寻找线索，它已经发现了斯塔尔是怎么干的。当它继续靠近时，清脆的声音唤醒了荒野。

天已经大亮，快到中午了，而追逐仍在继续。斯塔尔尽可能地休息，休息时又吃了满满几大口鸡肉，当桑德的叫声惊醒它时，它就继续跑。那只从来没有机会休息的猎犬累极了，但只要它还能寻到狐狸的踪迹，它便连想都没有想过要放弃这场追逐。

雪越积越厚，有效地盖住了斯塔尔留下的一丝一毫气味，而雪中本就只渗进了几缕气味。桑德已经很疲倦了，眼下它最快的速度也就和蜗牛的速度一样了。斯塔尔听见它在吐着舌头喘气，有气无力的。狐狸等了一会儿，发现已经再也听不到狗的声音了。

斯塔尔不知道发生了什么事，它不知道杰夫和杰克·克劳利找到了桑德并把它带回了家。它只知道它再也听不到狗叫了。狐狸继续往前走，又过了半个小时，它确定狗再也不会回来了。

现在，它有两件事要做，一是躲避暴风雪，二是把饭吃完。它拎着鸡，沿着一条倾斜的路线，朝耸立在山脚下的岩石走去。它穿过一堆从雪里钻出来的巨石，最后来到悬崖边。

它很熟悉那个地方。巨石上布满了无数的洞穴，斑纹花栗鼠就生活在那里，斯塔尔和布拉什常常捕食它们。远处，靠在断崖的底部，有一块巨大而平坦的岩石，后面是一条裂缝，一只脾气暴躁的豪猪在那里安了家。斯塔尔溜到倾斜的石头后面，第一次逃离了风暴。它用敏锐的鼻子探查着裂缝。

豪猪睡在一个岩架上。它是一只咕噜咕噜、抱怨不休的老野兽，它不是趴在白杨树上啃嫩黄的新芽，就是躲在岩石裂缝里休息。裂缝还庇护着另一个难民，一只白色的黄鼠狼，它来捕猎花栗鼠，不得不留下来休息。斯塔尔毫不犹豫地进去了。

斯塔尔经过时，豪猪醒了，它咬紧牙关，轻轻哼了一声。斯塔尔没有注意。它知道最好不要靠近豪猪。只要它的尾巴不经意地一甩或者走错一步，都可能被这只在荒野之中全副武装的野兽用它随身携带的两万支小长矛刺穿它的肉。

斯塔尔走到那条阴森森的裂缝后面，把鸡放下来，又用前爪按着它，使劲摇了摇自己的身子。细小的水花从它湿漉漉的毛皮上飞洒出来。斯塔尔第二次摇了摇身子，但没有第一次那么用力。

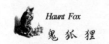

它一丝不苟地仔细轮流舔着自己的四只爪子，然后转过头舔了舔腹部两翼。梳洗完毕后，它伸了伸身子，享受这顿被打断了很多次的饭。

它只吃了一部分鸡肉，用爪子按着剩下的部分。黄鼠狼还在洞里，它认识黄鼠狼，它们嗜血，凶恶。饥饿的黄鼠狼为了得到食物几乎会攻击任何可食的东西。小鸡离它的鼻子很近，斯塔尔伸伸懒腰，打了个盹。

它睡得很轻，但很微妙的是，它也睡得很平稳，即使在它睡觉的时候，它也有一部分意识是清醒的。豪猪的每一声咕噜，还有黄鼠狼在狂风暴雪中溜出去打猎的声音，它都清楚。黄鼠狼回来的时候情绪很差，它的小眼睛是红色的，像燃烧着的愤怒的煤块。虽然它在雪里挖了两个小时的洞，想找点东西吃，但却什么也没找到。

黄鼠狼在经过斯塔尔时向它咆哮，狐狸也回敬了一个鬼脸。斯塔尔一点儿也不喜欢黄鼠狼、水貂、貂鼠或食鱼貂，这些动物都散发着一种令人恶心的气味，但它也不害怕它们中的任何一种。斯塔尔继续小睡，当它醒来时，它吃完了剩下的鸡。

呼啸的风以微弱的声音吹进裂缝，说明暴风雪还在肆虐。走到开阔的地方，豪猪向外望了望，毫无知觉地自言自语。它不喜欢眼前的景象，又爬了进来，爬上岩架，又睡着了。只要暴风雨还在肆虐，就没有人愿意在外面走动。

第二天早晨，雪停了，天空放晴了。斯塔尔走到裂缝的入口，向外望去。随着暴风雪的结束，天气变得很冷。在晴朗的蓝天中，太阳是一个似乎失去了火焰的圆圆的球。霜冻包围着硬木，树木被厚厚的霜冻所覆盖，森林里充满了许多像猎枪开火的声音。

　　柔软的、羽毛状的雪积了三十英寸厚，覆盖了荒野。虽然下雪的时候天气并不太冷，但也足以使雪不融化并保持相当的蓬松，不致于形成雪壳。斯塔尔从里面走了出去，但过了一会儿，它又回来了。它集中所有注意力，但它还是几乎什么也看不见、听不见、闻不到。尽管它已经吃光了所有的鸡，但它又饿了，可在这样的雪地里，打猎成功的希望渺茫。斯塔尔只好又回到裂缝里去了。

　　昨晚这个地方还很暖和，可现在很冷，岩壁上结了霜。斯塔尔在两块大圆石之间找了个地方，蜷缩起来，用身子暖爪子，用毛茸茸的尾巴卷着露出来的眼睛和鼻子，避免它们遭受冻伤的危险。

　　它像往常一样睡得很轻，很清楚周围在发生什么事情，当那只呼噜呼噜的老豪猪摇摇摆摆地走到裂缝口时，它就醒了。豪猪身后留下一条宽宽的足迹，那个矮胖的、孔武有力的动物穿过雪地，走到最近的黄桦树，爬上树，在枝干上给自己找了个舒服的地方，开始啃食树皮。

　　一个小时后，斯塔尔又一次被饥饿所驱使，站了起来。它在倾斜的岩石下面站了一会儿，然后沿着雪地里豪猪开垦出的沟壑走到树前。它发现另一棵树上有动静，接着看见六只山雀轻快地飞过。

　　斯塔尔望眼欲穿地盯着它们。山雀很小，几乎不够它塞牙缝的，但狐狸饿起来几乎什么都能吃。它知道它没办法捉到山雀，因为它们在树上，而它不会爬树。它看了它们一会儿，看着它们

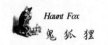

拼命地飞跑，就把注意力转向那只肥胖的老豪猪。豪猪看都没有看下面一眼。在它的利矛之下是厚厚的皮毛和坚硬的皮肤，能抵御寒冷的天气，这些皮毛保护它免受大多数敌人的攻击。豪猪不慌不忙地吃着树皮。

斯塔尔又陷进了雪里，几乎都看不见了。它又往前跳了六下，雪灌进它敏感的鼻子和眼睛里，它打了个喷嚏，转回身朝裂缝走去。

黄鼠狼出来了。这只黄鼠狼身长不足一英尺，瘦得像鞭子一样。它敏捷地扑向岩石之间的一条裂缝，在附近盘旋着不进去。它张着嘴咆哮着，白色的尾巴尖部是黑色的，它像一只愤怒的猫似的，怒视着斯塔尔。狐狸向一边纵身一跳，进裂缝里去了，黄鼠狼紧跟其后，像一个白色的影子一样，也溜了进去。尽管无论如何斯塔尔都想去追那黄鼠狼，但斯塔尔还是很清楚的，黄鼠狼也是无论如何都能逃脱掉的，于是它还是又回到老地方接着睡觉去了。它现在不得不忍饥挨饿，直到它能做些什么为止。

当夜幕降临荒野时，豪猪还没有回来，斯塔尔好奇地小跑出去想看看它在哪里。星星在闪闪发光、霜冻弥漫的空气中光彩夺目，而苍白的月亮反射着无情的寒冷。现在的气温远远低于零度，但豪猪在黄桦树上安然入睡。它得偿所愿地想吃多少就吃了多少，甚至当斯塔尔站在树下时，它都一动不动。

这仍是一个寂静而冰冷的世界，连风都静悄悄的。惨白的月光从光秃秃的树上照下来，在平整的、厚厚的积雪上勾勒出树干的轮廓。欢快的山雀不能保证春天一定会再来，冬夜里的荒野一片死寂。斯塔尔只好回到裂缝去了。

寒冷统治着整个夜晚，第二天也是如此。黄鼠狼又一次出去打猎，但又一次失败了。饥饿把它逼疯了，它发狂了。

在一无所获的情况下，它只好回到裂缝里。它的小眼睛怒火中烧，它的嘴巴发出一声咆哮。它径直朝狐狸跑去，当它离狐狸三英尺远的时候，它在空中拱起了身子，开始攻击。

斯塔尔猝不及防地向后躲闪。这一躲，斯塔尔撞在了岩石上，它这一会儿是害怕的，黄鼠狼是如此凶残，袭击得如此出乎意料。如果斯塔尔可以逃跑的话，它一定会跑的，但是现在是走投无路了。黄鼠狼后腿一蹬，就扑向了斯塔尔，它的尖牙嵌进了斯塔尔的嘴唇上。

那只受惊的狐狸甩了甩脑袋，想甩掉那剧烈的疼痛感，但那只黄鼠狼抓得太猛了，直接撕掉了斯塔尔嘴唇上的一小块肉。那只黄鼠狼被抛向了裂缝的上空，挥舞着四只爪子，牙齿间还紧咬着斯塔尔嘴唇上的那块肉。斯塔尔猛地向前冲去，啪的一声，在那只正在坠落的黄鼠狼落地之前抓住了它。那只黄鼠狼死后，裂缝里充满了难闻的气味。

斯塔尔舔了舔流血的嘴唇，摇了摇头。像所有的狐狸一样，它很挑剔。黄鼠狼的麝香味和臭鼬的气味一样难闻，充满了它的嘴，黏在它的下巴上。斯塔尔小跑着走到裂缝口，往嘴里塞了满满一口新鲜、干净的雪，然后闭上嘴，咀嚼着雪，直到雪被压缩成冰，再用牙齿磨碎。它一次又一次地用雪清洗它的口腔，但是黄鼠狼的麝香味仍然逗留着。

回去时，斯塔尔闻了闻它死去的敌人，做了个鬼脸。任何肉类，几乎任何食物，都比这要强多了，但是斯塔尔饿极了，它用

下巴熟练地把黄鼠狼的皮切开，用前爪压着那瘦小的身体，然后把皮扯了下来。它把尾巴上的麝香腺扯掉，把黄鼠狼温热的肉囫囵吞枣地咽进了肚子。之后它趴了下来，用舌头为嘴唇上被撕下肉的伤口止血。

几个小时之后，天气转晴了。

太阳在万里无云的天空中冉冉升起，今天早晨，它的光芒透出一丝暖意。暖和了一阵子，裂缝里的霜冻结的冰融化了，墙上留下一道道的水痕。蓬松的雪塌了下去，几个小时过去之后，雪的深度就下降了六英寸。雪水漫过结冰的河川和池塘。但这只是片刻的缓解。寒冷再次来袭，裂缝里面结了一层冰，溪流和池塘里的水都冻结实了。

就在夜幕降临之前，斯塔尔离开了它的"床"，从裂缝里小跑了出来。当它沿着那条豪猪留下的足迹走去时，它的黑爪子感觉被冰硌到了。斯塔尔走到那棵黄桦树旁，抬头望着那只豪猪，它正忙着啃食另一根树枝的树皮。冒险走到它自己踩出的路的尽头，斯塔尔一跃到了雪上。

它也没期待些什么，因为它不知道会发生什么，接着便滑倒了。它的四只爪子向不同的方向打滑，四肢被拉开，趴在雪上。斯塔尔趴着，试图判断一下脚下是什么情况，怎么才能站起来。当它尝试着站起来的时候，又滑了一跤。雪被温暖的天气融化了，又结了冰，结成了一层像冰一样坚硬和光滑的硬壳。

斯塔尔再一次试着站起来的时候，十分小心，放松身体，把爪子都缩到身子底下。它僵硬地站了起来，小心翼翼地走了几步，又站直了些。在光滑的雪壳上行走本身就是一项特殊的技能。

　　斯塔尔一熟练掌握了这个技能，就慢慢小跑了起来，慢慢就变成了红狐在正常的地面上走路那样，行云流水般敏捷。只要它学会了怎么站起来，雪壳在它面前呈现的就是一条完美平滑的路径。斯塔尔以最快的速度跑了一英里。它的肌肉和筋骨是年轻的、柔韧的，在它待在裂缝里的这段时间里，它是暴风雪的俘虏，没有机会锻炼肌肉和筋骨。现在它可以了，它充分利用这个机会。斯塔尔从月桂树丛上一跃而过，只是为了证明它能做到，随后绕着树丛跑了三圈。它耗尽了过剩的精力，踏实下来，开始打猎。

　　它在沼泽地里徘徊，看到了许多鹿。通常情况下，鹿群在一月或更晚的时候才会聚集到一个安全的地方过冬。猛烈的暴风雨把鹿群赶到了沼泽地，从现在开始直到春天，它们都会住在那里，靠雪松和其他能找到的草料为生。因为它们很早就聚集在一起了，沼泽里的草料在春天的新叶子长出来之前就会被吃光，整个鹿群也将度过一个艰难的冬天。

　　斯塔尔走过它们群居的地方，沿着鹿走过的路走。当它在鹿群中间小跑时，它们几乎动都没有动。它抱着一种恶作剧的心情冲到一只小鹿跟前，看着这只惊慌失措的小家伙逃走了。但当它对着一只长满角的雄鹿做同样的事情时，那只雄鹿转过身来，向它摇了摇鹿角。斯塔尔躲到一边，饶有兴趣地看着一只鹿，它已经离开群居地，正穿过厚厚的雪。

　　坚硬的雪壳足以支撑一只小动物，但却不足以承受一头长着尖利蹄子的成年鹿的重量。这只动物每走一步就踩空一次雪壳，不停挣扎。经过一番挣扎它才把腿拿了出来，又前进了一两步。鹿陷入了雪壳下深深的水流中，拼命地挣扎着要出来，斯塔尔满

怀希望地看着。也许鹿再也走不出来了，会困死在里面。但过了一会儿，鹿挣脱了出来，顺着原路打道回府，回到了群居地。

失望之余，斯塔尔离开了鹿的群居地。无论如何那里也没有它可以吃的东西。它能够追捕到一只鹿，但是没有办法弄死鹿。过冬的鹿群吃光了所有的草食，没有留下任何能引起狐狸兴趣的东西。

斯塔尔再一次上路，轻而易举地在雪壳上前行。当筑巢老鼠的气味飘进它的鼻孔时，它停了下来，扒拉了几下散发着气味的雪。气味很微弱，离得很远，而斯塔尔的指甲只能在雪壳上留下一些划痕。它放弃了，因为雪壳太坚硬了，而且它也找不到老鼠的确切位置。

十分钟后，它在一片月桂树丛中潜行时，在一棵结霜的白杨树下捉到了一只在地面上栖息的松鸡。松鸡很少有这么不明智的举动，但就这么一次，就为自己的愚蠢付出了生命的代价。斯塔尔扯下了松鸡的羽毛，趴在雪地上吃它。

它刚吃了一半，就突然停了下来，紧张起来。它卷起上唇，发出一声咆哮，皱起了鼻子。它立起了毛发，等待着。

月光清晰地勾勒出另一只向月桂树走来的狐狸的轮廓——是一只苗条的雌狐—— 一只和斯塔尔年龄差不多大的幼崽。雌狐在十英尺远的地方停下来，皮毛平稳地起伏着。斯塔尔发出怒吼，急急忙忙地吞下剩下的松鸡。当它用牙齿磨碎骨头时，雌狐一动不动，所以直到吃完了松鸡后，斯塔尔才站起来。

在寒冷的夜晚，它们四目相对，斯塔尔不愿意分享它的食物，但当它表现出完全友好的态度向雌狐走去的时候，雌狐转头就跑，却没有尽全力用惊人的速度跑开。斯塔尔毫不费力地追上了它。雌狐蹲坐在雪地上，蓬松的毛发让它看起来比实际上大了一倍。它的牙齿离斯塔尔的脸只有一英寸远。如果它愿意，它一口就能咬死斯塔尔，但它也很孤独，不想伤害对方。

斯塔尔慢慢地摇着尾巴，像狗一样，嗅着它的鼻子。它的嘴和下巴上沾着一丝兔子的味道，它也刚刚进食过。斯塔尔向前跳一下，雌狐就向后跳一下。它们肩并肩在雪壳上旋转。停下来之后，它俩像顽皮的小狗一样扭作一团。

彼此都没有求偶的欲望。它们都还太小了，没有这种冲动，还有几周才到狐狸交配的季节。它们仅仅是两个孤独的青年，只是对有彼此的陪伴感到非常的满意而已。雌狐狸平稳地向高地跑去，斯塔尔在它身边心满意足地踱着步。它们累了，就一起躺在月桂树丛中。

它们饿了就离开灌木丛，在光天化日之下出去打猎。像它们所有的同类一样，它们通过自己的需求和渴望来调节自己，困的时候就睡觉，饿的时候就打猎。只有出现狩猎困难和面临被捕获的压力的时候，狐狸才会在夜间出没。

雪壳成为了一条完美的高速公路，它们感觉不到任何敌人的威胁。它们朝一片灌木丛走去，那里住着棉尾兔①，雌狐和斯塔尔分头行动。斯塔尔在灌木丛里徘徊，甚至不用把它那灵敏的鼻子贴在地上就能知道附近有食物。虽然它们和其他动物一样，曾被暴风雪困住，但现在却成群结队地出现了。它们恣意地在灌木丛

①　棉尾兔尾巴环绕看起来像一个棉花球，故因此得名。

中寻找嫩枝和灌木，而且还出现在雪壳和小路上。斯塔尔开辟了一条新的道路，继续前进。

它循着它选择的气味轻松地跑，也算不上特别着急。它追踪的棉尾兔可能会钻进土里，也可能会决定逃跑。如果是前者，斯塔尔就只能放弃这只，再找一只。但是，如果棉尾兔在发现它已经被斯塔尔盯上了之后决定逃跑的话，那么斯塔尔就会开始毫无保留地追捕它，是否能抓住猎物取决于谁跑得更快。

小径焕然一新，斯塔尔在上面跳跃。它绕着一丛又矮又宽的灌木铁杉冲了出去，发现雌狐和它尾随着的兔子在一起。绕过铁杉，它正好撞到雌狐身上。雌狐喉咙里发出咕嘟咕嘟的咆哮声，它用眼角的余光看着斯塔尔，然后转身小跑了二十英尺，趴下来开始吃东西。

雌狐吃饱了之后，站起来舔了舔下巴，这时斯塔尔再过来吃剩下的东西时，雌狐就不再发出咆哮声了。这不是一个慎重考虑后的选择，因为雌狐把最好的都自己吃掉了，留下的那些根本不能满足饥肠辘辘的斯塔尔。食物的问题确实如此，但是通过这件事它们也偶然地发现了一种新的狩猎方式。两只狐狸，一只埋伏一只跑，比一只单独狩猎有效得多。

那天晚上，两英寸厚的新雪堆积在原有的雪壳上。当斯塔尔玩一根棍子时，雌狐离开了。斯塔尔把棍子叼在嘴里，把头一仰，扔到空中，再一跃而起，趁它没掉进雪里之前抓住；有时也会任其掉进雪里，直起后腿，用前爪扑向它。

斯塔尔玩腻了，就到长满青苔的圆木后面去找个躲风的地方，蜷起身子，用尾巴护着眼睛和鼻子，缓缓入睡。随着早晨的到来，它起床了，又饿又寂寞。比起食物它更想要伙伴的陪伴，因此它沿着山脊向下走去，想看看是否能找到雌狐。

它正绕着一个小山丘转来转去时，晨间的寂静被两条正在狩猎的猎犬的吠叫声打破了。为了能够听得更加清楚，斯塔尔跳到一块被雪覆盖的巨石上。从猎犬们的声音中斯塔尔可以听出来它们都不是桑德，那次的追逐可是让它记忆犹新。

起初很可怕，但随着追逐的进行，这逐渐变成了一项运动。斯塔尔通过断开自己的踪迹来挫败猎犬，这才是追逐的乐趣。猎狗已经逐渐逼近了，斯塔尔在紧张的期待中来回踱步。过了一会儿，它看见雌狐在树林里疾驰，而猎狗们就跟在它的后面。

雌狐走后，斯塔尔从岩石上跳下来，一直等到猎犬们出现。那是两只蓝斑猎犬，比桑德看起来还小，其中还有一只是杂种狗。与此同时，两只狗都看到了斯塔尔，它们的声音里充满了欣喜。

斯塔尔又在原地等了一会儿，然后才闪身开始奔跑。

第四章　神出鬼没的狐狸

戴德·马特森独自一人住在一个三室的小屋里，小屋位于一个树木繁茂的山谷的入口处，这个山谷被称为"饥饿山谷"。戴德以前一直是这里的巡林员，谁也不记得从什么时候开始，他不再是了。夏天，他扛着一个袋子在森林里游荡，寻找药用植物。秋天和冬天，他捕猎野兽，收集毛皮。他靠山吃山，靠水吃水，以此为生。

山谷里辛勤劳作的农民没有指责戴德那样的生活方式。如果有机会的话，他们中的一些人会兴高采烈地卖掉农场，隐居到一个只有三间房的小屋里去。但他们不会像戴德那样生活，自然就不会像他那样被扣上不光彩的名声。其实他也从来没有做过什么特别坏的事，反而他的那些邻居们或者其他的任何一个人，才做过坏事。只是他所习惯的生活方式与众不同，别人只有在走投无路、生活所迫的情况下才会像他那样生活。

毫无疑问，他的餐桌上摆满了四季的猎物和正当时令的鱼。只要有人悬赏抓任何一种野兽，无论它的皮毛是不是上等的，戴德都会毫不犹豫地去捕猎它。有人怀疑他用毒药杀死了五只海狸，当然他还偷猎了海狸。但是从来没有哪个狩猎区管理员抓住过他，因为戴德对他所狩猎和布置陷阱的每一寸领地都了如指掌，就像一只对森林和狩猎范围都了如指掌的郊狼。

在农民看来，这些都不构成严重犯罪。戴德身上有些与众不同的特质，标志着他是一个冷酷无情的人，一个值得去关注的人。虽然在山谷里，一个人不求回报地帮助另一个人是很普遍的做法，但戴德做的每件事却都有明确的价格。他除了他自己以外什么也不在乎，哦，可能还会在意他的两只猎狐犬吧。

在这个寒冷的日子里，当黄昏降临时，他大步朝家走去。他的手里拿着猎枪，后面跟着疲惫的猎犬，但他肩上没有狐狸。他把狗拴在狗窝里，给它们喂了饭，自己也吃了一顿，然后就坐在那里，盯着漆黑的窗户看了一会儿。

过了一会儿，他戴上帽子，穿上夹克，踩着雪壳朝克劳利农场走了过去。杰克开了门。

"你好，戴德。"

不等人邀请，戴德就踩着他那还带着雪的胶鞋走进了温暖的厨房，山谷里的规矩就是这样的。杰夫把他正在看的杂志放在一边，杰克的母亲从缝补的活计中抬起头来。

"喝杯咖啡吗，戴德？"

"嗯，来一杯吧，谢谢。"

他抿了一口她递过来的热气腾腾的咖啡，杰夫问道："最近怎么样？"

"很奇怪，"戴德说道，"非常奇怪，杰夫。我今天带着狗上

山了，我想那上边有只神出鬼没的狐狸。"

杰克安静地坐在椅子上，全神贯注地听着。一只"神出鬼没"的狐狸是一种尤其难以捉摸的动物，具有着像是幽灵一样的特质。在这个山谷的所有传说当中只出现过不超过四个这样的动物，如今又出现一个，真是令人兴奋。

杰夫和他儿子一样感兴趣，问道："你在哪儿找到它的，戴德？"

"不是我发现它的，是它找到了我。我在云杉沟里，猎狗又找到了一个新的猎物的踪迹。从狐狸的行动轨迹和逃跑方式来看，我猜是一只一岁左右的母狐狸。我估计它会从沟头的缺口绕过去，我就绕道而行。它也确实是这么走的，但突然，那些狗引起了一阵骚动。听起来它们好像抓住了那只狐狸，于是我赶紧跑过去，免得它们把狐狸撕咬得太厉害，把毛皮弄脏了。"

戴德故意抿了一口咖啡。他的听众们如此感兴趣，作为一个讲故事的好手，他可不能过早地讲出高潮部分，这会破坏大家的兴致的。

"接下来发生了什么呢？"杰夫催促他。

"嗯，我到了之后一看，雪地上有脚印，但我的猎犬们根本没有抓到那只雌狐狸，然后我发现了原因。雌狐狸有个伴侣，是一只狡猾的狐狸，它抢在狗前面，等到它们几乎就要压到雌狐狸身上时才下定决心逃跑。雄狐狸会等到雌狐快被逼急了的时候才现身，来引走猎狗。"

"嗯，我知道。"

"那狐狸引着我的猎狗们跟着它后面跑了之后，我离近了仔细地看了看它的足迹。我在树林里这么长时间以来从来没有看到过这样一条狐狸的足迹，它的每只前爪上都多长了一根脚趾。我想，'好吧，大脚怪先生，你想让那些猎犬集中注意力在你身上，你做到了。现在让我们看看你是不是聪明到可以躲过一发四号子弹。'然后我就明白了这是一只雄狐狸试图把猎犬从它的雌狐狸身边引开，所以我改变了我的打猎方法。我想，它直接跑开就很有可能不会回它原来的地方。"

戴德又慢悠悠地抿了一口咖啡，杰克则屏息以待。那只偷了鸡之后又在雪里甩掉了桑德的狐狸，两只前爪上都多了一个脚趾。一定是同一只狐狸。

"一只狐狸先是跑得很快，"戴德接着说，"它先跑得够远，这样狗就不会回到它的雌狐狸身边，然后它再尝试着甩掉猎犬。我猜它会在熊爪小溪的左侧岔道上试一试，但它好像是选择了去右侧。它还跑过了谷头的凹口，而且不是爬过去的，它越过了上面所有被雪覆盖着的岩石。所以我赶紧爬上了山头，藏在月桂灌木里，在那里我的视野非常开阔。果然，很快我就听到狗儿们一路狂奔；但事实上，它们只是在微风中散步罢了。"

戴德喝完了咖啡，继续讲他的故事。"就在离我站的地方不到二十码的地方，猎狗穿过月桂树，被困住了！而后来那只狐狸没等我准备好就钻了出来！再看见它的时候，它就在我眼皮子底下。我为什么就没看见它什么时候出来的呢？"

杰夫说："它钻出来的时候，你一定没看见它。"

"对，我就是没看见，"戴德承认，"我本来可以看见的，你听完后来发生了什么你就知道了。正如我所想的一样，那狐狸直

奔着熊爪小溪跑去。我反正是气疯了，因为我没有把它逼进凹口去，于是我跑到小溪那边想去看看到底是怎么回事。猎狗跑来跑去的，到处乱跑，就像是疯了似的。狐狸却不见了，去哪了呢？"

"去哪了？"杰克倒吸了一口气。

"我也希望我能告诉你，只是希望而已。就在小溪一边的岸上有一棵大云杉，狐狸的足迹就在离那棵云杉整整六英尺的地方不见了！"

"足迹消失了？"杰夫问道。

"就在那儿不见了！"戴德重申了一遍。

"熊爪小溪结冰了吗？"杰夫问。

"没有，它的水流还挺急的。"

"它可能是跳进小溪里了吧？"

戴德哼了一声。"狐狸能跳 30 英尺以上那么远吗？"

"那它是不是上树了？"

"红狐是不会爬树的。"

杰夫慢慢地说道："我也知道它们不会爬树，一只红狐当然不会像灰狐那样爬树，但是它们会利用树来断开它们的足迹。那棵云杉有低垂着的树枝吗？"

"嗯，那棵树有。但是如果它爬到树上去了，狗就会闻到它的气味的。"

"有些狗会，但有些狗闻不出来。"

"我的狗可以，"戴德固执地宣称道，"不管怎么样，我往树上看了，没有它的影子。我告诉你，这是一只神出鬼没的狐狸，能抓到它的人必须得是一个真正的猎狐人！"

杰夫的眼中闪烁着光芒："你认为它躲避不了子弹吗？"

他觉得杰夫在看不起他的猎犬，这激怒了他，戴德勃然大怒："不。它不能。总有一天我会带着它的皮来证明这一点！谢谢你的咖啡！"

戴德夺门而出，走进冬夜。杰夫淡淡地笑着，目送他离去。杰克疑惑地看着父亲。

"你认为到底发生了什么？"

"就像戴德说的那样，他会正确地解读出这些标记。戴德能做到，即使他没有太多的想象力。"

"但是——狐狸确实不能像鸟一样飞起来。"

杰夫一想到自己过去无比享受的猎狐生涯，就情不自禁地怀念起来，目光中满是痴迷。"世界上有愚蠢的狐狸，也有愚蠢的人，但一般来说，说到智力和骗术的话，狐狸们知道的把戏可比专业的魔术师还多。让一个人和一只猎犬，甚至一群猎犬去对抗一只红狐，红狐的胜算仍然更大一些。这就是为什么如果你不是为了钱而打猎的话，猎狐会非常有趣的原因。"

"那你觉得那只狐狸是怎么躲过戴德，没被他发现的？"

"我猜它根本就没看见任何人，戴德几乎都要到它跟前了它还没反应过来。这种情况下，它还有什么选择呢？猎狗在后面，戴德在前面。它动了动脑子，就偷偷溜了过去。即使是戴德也很难在枝繁叶茂的月桂树上找到一只鬼鬼祟祟的狐狸。他应该是觉得那只动物会在枝叶间奔跑穿梭。"

杰克想了想这个说法，又想了想有没有别的情况出现。今天是星期三，离星期六只有两天了。周六的时候桑德可能就养好了，

可以奔跑了。除此之外，已经有那个狐狸的特征了。如果每只前爪上多一个脚趾的话就能证明它就是那个神出鬼没的狐狸，那个曾经挫败戴德·马特森和他的猎犬的动物。但只是假设……

"你认为它是怎么把自己的足迹断开的？"杰克问。

杰夫摇了摇头。"这你得去问问狐狸。我猜肯定是利用了那棵云杉。的确，红狐是不会爬树的，但这只狐狸可以跳到较低的树枝上，沿着树枝爬，直到来到小溪边，再跳上另一根树枝。然后它只需跳进水里就万事大吉。"

杰克走到后门廊去确认桑德是不是待在那里，那只黑色而有棕色斑点的猎狗轻轻地走过来，接受他的爱抚。它的爪子在对斯塔尔长长的追逐中磨得血肉模糊，还没有完全愈合，它走路的时候一跛一跛的。但是现在距离星期六还有整整两天。

那天晚上又下了两英寸的雪，第二天寒潮还在继续。杰克仔细检查了桑德的爪子，发现爪子上仍有擦伤和磨损严重的地方。他满是期待地用猪油给桑德的爪子做按摩，甚至想给它做四只鹿皮的鞋子。杰夫建议他不要这样做。猎犬是一种工作犬，必须经常冒险进入危险的地方。在任何时候，它都需要自由地使用它的脚，而鞋子可能会妨碍它的奔跑。当然，除非它们设计得非常合适，制作得非常专业，否则鞋子的作用弊大于利。最好还是不要给桑德穿鞋，让它自己慢慢恢复、适应。

星期六早上，杰克醒来时天还没有亮。他把一只手从盖在身上的厚被子里抽出来摸索着，在椅子上摸到了他昨天晚上丢在上面的内衣和袜子。他从温暖的床上爬起来，脱下睡衣，穿上内衣和袜子。他从床上跳了起来，麻利地穿上裤子，那件没系好的衬衫松松垮垮地挂在他那瘦削的胸脯和肚子上。他拎着鞋子，跑出他冰冷的房间，下楼走进温暖的厨房。

杰夫在厨房的水槽边，用一盆温水洗脸洗手，杰克的妈妈正在准备早餐。杰克扣上衬衫的扣子，坐下来穿上鞋子，当他弯下身时，裤子绷得他很不舒服。他的母亲不经意一瞥，就发现了他这边的情况。

"你的裤子紧了吗？"

"有一点。"

"你长得像匹春天的小马那么快，"他妈妈叹气道，"我几个月前才给你买的这些衣服，几乎没怎么穿。好吧，皮特·梅森会用得到的，我们今天会去卡内维尔给你再买一些。"

杰克什么也没说，因为他无话可说。他有一套好衣服，可以参加所有的社交活动，除此之外，他所有的衣服都是为了实用而挑选的。他的裤子既适合上学穿，也适合在农场干活穿。很久以前，杰克就决定，他真正想要的是一条狩猎用的马裤，那种紧裹着腿、紧贴着猎靴的马裤，但他知道自己几乎没有机会得到它。

他父亲就有这样一条裤子，但大部分时间都挂在壁橱里。杰克早就盯上那条裤子了，他想要那条裤子，他觉得只要把腰带收紧一点，他就能穿上。但杰夫对他的个子是不是已经长到能穿这条裤子有着明确的判断，而且没有一个十四岁的孩子有资格穿这样的裤子。

杰克洗漱了一下，母亲刚吃完饭，他就溜了出去。黑暗中有个鬼影飘过，是桑德小跑了过来。它在杰克抚慰的手下欣喜若狂地扭动着，把它冰冷的鼻子贴在主人的大腿上。杰克抬起桑德的

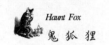

一只爪子，轻轻地抚摸着它，而那只猎犬并没有把爪子缩回去。它也许已经可以跑了，但距离它的脚掌受伤其实刚过去没几天。杰克犹豫不决地站在那里。他想去猎狐，但又怕伤害到桑德。

他回到屋里，坐在早餐桌旁。他的父母正在讨论他们去卡内维尔的旅行，他们每个月去那里购物两次。他们总是做完家务后马上离开，直到傍晚才回来。杰克可以跟他们一起去，也可以不跟他们一起去，随他的意愿。大多数时候他宁愿待在农场里，在没有大人监视的情况下度过一整天的感觉好极了。

杰克喂了桑德，然后和他的父亲去了牲口棚。黑棕相间的猎犬跟在后面，舒舒服服地蜷缩在一捆稻草旁边，杰克则用叉子叉起干草喂牛，给牲口们喂食添水。直到手上的活计快做完时，杰克才向杰夫求助。

"你觉得桑德今天可以跑了吗？"

杰夫咬着下唇，看着那只猎犬，沉默了一会儿，又转身回去接着做农活。

"桑德是你的狗，小家伙。"

杰克知道再多说什么也没用了。他还没有大到可以穿杰夫的裤子，而且直到他能自己做决定之前，他都不会穿。桑德离开了那捆稻草，摇头晃脑地嗅着老鼠藏身的缝隙。杰克注意到它不再一瘸一拐的了。

当他们都干完了活的时候，天边才出现了一道微弱的、忽明忽暗的光线。杰夫把农用卡车从车棚里倒出来，把车开到屋里，停在厨房门旁边。杰克的母亲穿好了厚厚的冬服，从屋里走出来，站在卡车旁边。杰夫从驾驶座上对杰克喊道：

"你去不去？"

"不了，谢谢，我留下吧。"

"冷藏库里有冻猪肉和牛奶，"他母亲坐在杰夫旁边说，"中午给自己做个三明治，等我们晚上回来一起吃热乎的饭菜。"

"我会的。"

"别惹什么麻烦。"他的父亲一边说，一边把卡车挂上低挡，慢慢地沿着冰冻的小路开向翻修过的高速公路。

杰克把手放在桑德的头上，站了一会儿，他真希望自己当时跟着桑德一起去追狐狸。如果他这么做了，他现在就不必决定是否要带着桑德去跑一遭了。他看了看农场周围那些积雪覆盖的小山，又看着山上稀疏的树林。冬天的时候，森林看上去总是很单薄，只有几株灌木和常青树才显出一点绿色。夏天，当所有的树和灌木都长出了叶子，树林看起来就会很茂密。

杰克心跳得又快又猛，他甚至觉得自己都能听见。山就在那里，雪就在那里，雪里会有奔跑着的狐狸。突然间，他知道自己能做什么了，而且好像他也不必让桑德追着狐狸跑。他可以用皮带拴住它，这样至少他们可以去看看是否有狐狸。杰克进了屋，从架子上取下他的猎枪，将子弹上了膛，扫视了一下那一尘不染的枪孔。

没有必要穿雪鞋，因为雪壳还在，上面的新雪还没有深到会阻碍他们。杰克用一根短铁链拴着桑德，桑德心满意足地在它的主人身边踱步。

他们穿过田野，杰克从雪地上的痕迹里能看出都有哪些过客途经这里。棉尾兔在玩耍，蹦蹦跳跳的；老鼠来回走动的地方留

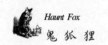

下了精致的小脚印，还有一只兔子的足迹突然断开了。不过这足迹是怎样消失的，一点儿都不神秘——足迹两边末端的雪上都有翅膀尖端扫过的痕迹。可以看出来是有一只大猫头鹰俯冲下来抓走了兔子。

离开田野，他们进入了树林，杰克停下来饶有兴趣地看着一排巨大的猫的脚印。他认出那是野猫的爪印，而且看得出来是刚留下不久的。斯图布昨晚在这里徘徊，忍饥挨饿地想着农场。但它与斯塔尔不同的是，它缺乏突袭农场的勇气。斯图布在山上徘徊了一阵子，然后向着更深处的荒野而去。

桑德抬起头来，站了一会儿，用鼻子使劲嗅了嗅。它发出了一声愉悦的号叫，第一次使劲地拉着皮带。杰克感到一阵兴奋，桑德甚至都没有去仔细嗅兔子的足迹、田鼠的踪迹，或者斯图布的味道，便突然小跑起来。它生来只会猎狐，杰克知道接下来他们即将遇到的所有足迹都是狐狸留下的。

他们在农场和山顶之间找到了一条足迹。雪中的爪印清晰而新鲜，一定是在杰夫和杰克做那些杂活的时候，狐狸留下的。虽然这条足迹并没有那只神出鬼没的狐狸所具有的六趾特点，但是能确定的是，几个小时之前一定有一只红狐从这里走过。

桑德突然活跃了起来，一副颇具使命感的样子。它毫不在意那令它窒息的项圈，就拉着杰克沿着足迹走。猎犬嗅了嗅，发出很大的声音，当天敌的气味刺激它的大脑时，它那张大的嘴巴就抖动起来。它的爪子在雪地上留下了划痕。

杰克虽然一时拿不定主意，但还是用手紧紧地攥住那条绷紧的铁链。接着，他再也不能克制自己了。桑德已经追逐过那只神出鬼没的狐狸了，还在那次狩猎中弄伤了自己的爪子。眼前这只狐狸只是一只再普通不过的动物。杰克用臂弯夹着猎枪，抓住桑德的项圈，控制住那只竭尽全力往前挣扎的猎狗，让链子稍微松一点点。随着他用空着的那只手解开链子，桑德向前飞奔了出去。

从桑德的喉咙里传出一声声滚动的、悦耳的咆哮，飘向寒冷的空气。桑德一声又一声地叫着，它流畅而均匀的叫声与自己的回声相融合，形成有节奏的乐章。这是猎人的乐章，对猎狐人来说，再也没有什么比这更激动人心了。

桑德拼命地跑，跑出了杰克的视线。杰克一度希望他能把那只猎犬叫回来，但同时他又知道他做不到。从来没有人教过桑德如何对狩猎的号角作出反应，这些山上的猎人没有使用它们。吹口哨或呼号都没有用，因为桑德根本没有希望能听到。杰克知道他必须行动起来。

猎狐者的艺术，简单地说就是用原始、简单的方式捕捉狐狸，就像那些只带一两只猎狗去狩猎的山民所做的那样，与是否披红毛皮衣和骑骏马无关。孤独的猎人必须了解自己的猎物，并且能够像狐狸一样思考，他们的策略是以智取胜。猎人会根据他对狐狸和它们的生活方式的了解，以及他那只会边跑边叫的猎狗的声音，试着预判半小时、两小时或四小时后狐狸会到的地方，以此截住狐狸。通常情况下，如果每件事都没有判断失误的话，猎人会看到一抹一闪而过的红色，这便是一只在奔跑的狐狸。

整整一分钟过去了，杰克听着桑德的叫声。它那沉稳的调子变快了，变得激动起来，杰克明白了，这意味着它在河床上找到了它的猎物。也许这只狐狸在山谷长廊附近的一片月桂树上睡了

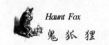

一觉，这片月桂树沿着山谷蜿蜒而上。

桑德的声音恢复如常了，杰克知道它已经准备好要开始奔跑了。杰克努力考虑清楚。

他断定，那只奔跑的狐狸不会穿过山谷，爬到对面的山上。它在山谷里休憩这件事本身就直接说明了它在山谷里或附近捕食过了。它的足迹很新，所以它一定是整晚都在找吃的，直到找到东西吃为止。毫无疑问，它走了相当长的一段距离，一直朝着山谷走去，所以它的领地范围，也就是它捕猎最多的地方，一定在山谷的这一边。它很有可能马上就会绕完整整一圈，再回到这个斜坡上来。

作出决定后，杰克就照做了。他尽最大的努力跑上小山，奔向山谷的尽头。他站在一片白杨林里，试图平复自己紊乱的呼吸，走上坡路令他喘不过气来；他一喘过气来，就发觉自己犯了个错误。

桑德的声音告诉他，狐狸的确正在靠近，但却不是穿过这片白杨林。与之相反，它的路线是经过一片像一条绿丝带一样上下起伏的铁杉林，离杰克站的地方大约三百码远；但现在发现已经太晚了。杰克跑向铁杉林，他边跑边叫，吹着口哨，但那只咬牙切齿的猎犬仍然继续紧追着猎物。

狐狸做了一只聪明的狐狸该做的事。虽然一开始它的路线是穿过白杨林，但它知道猎人带着猎枪，而铁杉林可以提供更多的掩护，因此它就利用了这一点。

杰克走到铁杉林边，找到了两条足迹。那只猎犬的足迹上满是血污，显然是桑德刚刚痊愈的爪子又裂开了。杰克悔恨不已。

他又试了一次，想把狐狸引到白杨林去，就朝一个小山沟跑去。他不再想着能射中狐狸了，只想截住他心爱的狗。桑德的爪子一定很痛，但同时桑德却有一颗上好的猎犬的好斗心。它会一直跑到再也跑不动为止。

狐狸始终没有被追上，但过了三个小时之后，杰克追上了桑德。狐狸把那只脚上受了伤的猎犬抛在身后，早已不见了。杰克听到桑德过来了的声音，就等着它。他把猎枪靠在一棵树上，扑向了还不肯放弃的小狗，把它按在雪地上。桑德扭来扭去表示抗议，因为它知道这场追逐还没有结束。但杰克一直抱着它，直到它安静下来，然后把链子扣回项圈上。

桑德的爪子撕裂磨损得很厉害，它可能整个冬天都不能再这样跑了。

第五章　逍遥法外

斯塔尔躺在一片盛开的杜鹃花下，沐浴在春日温暖的阳光中。冬天终于过去了。

那是一个风雪交加、寒风刺骨的季节。自从第一场雪以来，地面就没有裸露过，也没有多少解冻的迹象，只有强壮、聪明而又幸运的动物才能看到雪最终融化，雪水灌满河流、小溪和池塘。在这片荒野的每一个角落，都有悲剧发生。斯塔尔知道有一个群居地，里面有二十七只鹿，只有三只活了下来。

尽管它也曾有过饥肠辘辘的日子，但它比大多数野兽都要过得好很多。它年轻、强壮，当寒冬紧紧地、萧肃地控制住整个荒野的时候，它从中学习到了智慧。最重要的是，它发现在鹿的群居地周围徘徊是值得的。因为迟早会有一头筋疲力尽或饥饿的动物倒下，而在初冬时节，野兽们总是为抢夺这头动物的尸体而争斗不休。郊狼、其他的狐狸、黄鼠狼、水貂、食鱼貂、食肉的鸟类，甚至老鼠和雪地兔都想分得一杯羹。随着寒冷加剧，进入深冬，鹿的死亡数量如此之多，竞争也不那么激烈了，总体而言，当一个纯肉食者还算不错。

在冬天里，斯塔尔比之前学到了更多的如何生存的本事。

尽管山谷里的每个人都不是很喜欢戴德·马特森这个人，但大家都很尊重他的木工手艺和狩猎能力。而戴德讲的那只两只前爪上都多了一个脚趾的神出鬼没的狐狸的故事，毫无疑问，大家都相信了。山谷里有九只猎狗，外加一群据说是猎狗的杂种狗。每只狗的主人都急于通过捕猎那只神出鬼没的狐狸来证明自己的猎犬的价值和他自己的狩猎本领，主人们都说至少带着自己的狗去追过一次斯塔尔。结果，事实就是没有人能够捕杀它，因此这些说法只是徒增了它的名声。但实际上斯塔尔的名气与它迄今为止所做的任何事情都不相称。

事实上，它只被猎狗追过五次，而且在所有追它的狗中，只有一只真的把它逼得很紧。那是一只腿很长、跑得飞快的猎犬，主人是伊莱·卡特曼，他在山谷的尽头有一个农场。伊莱只是看见斯塔尔一闪而过，就开了枪，但其实他离得太远了，根本没有希望能够射中斯塔尔。可是，伊莱以为他离得比实际更近，于是便大肆宣扬。他认为他应该已经杀死它了，因此，斯塔尔除了其他的成就以外又多了一项，人们相信，这只神出鬼没的狐狸有不死的符咒。

自始至终，斯塔尔都在成长。它是一个身体正处于完美状态的年轻的生命，拥有强大的活力和爆发力。它喜欢嬉戏，它喜欢有猎犬寻踪觅迹去追捕它，因为这是最愉快的运动。现在它知道了，一般情况下，男人会跟着猎狗，伊莱那毒辣的一枪也向它证明了，在这种情况下他们是非常危险的。它也因此改变了它对人

类的看法。

以前它只是害怕，躲避着人类，但当它跑在猎狗前面时，它发现身处森林里的人都是浮躁而无助的。而一只在风中奔跑的狐狸总能及时闻到人们的气味，从而避开危险。如果因为环境的原因，狐狸不得不顺风而逃，那么它则可以通过选择路线来避开人类，因为人们从来不会从荆棘和月桂树丛中穿行，他们在进入有低矮的树枝拂过地面的小铁杉林的时候都会犹豫不决，而且他们也不喜欢走在有一堆奇形怪状的卵石的路上。在等待猎狗的时候，他们总是选择一个树木茂盛的地方。斯塔尔已经学会了提前预测一名猎人会站在什么地方，而且还自学了很多聪明的办法，很少有像它这么聪明的狐狸可以学会那些把戏。当被追逐时，它有时会选择直接跑开，而不是像狐狸传统所做的那样绕圈跑。

毫无疑问，它接受了这样一个事实：所有的人类都是它的敌人。它不指望任何人会对它有所怜悯，这会影响它对他们的看法。它不恨人类，不像它对待它的宿敌斯图布那样，但它以迂回的方式认识到了人们和狗对它发起的挑战。

它静静地躺在杜鹃花丛中，钻进凉爽的泥土深处，注视着周围的一切。在不到二十英尺远的地方，一只母蓝松鸦在一丛矮小的黄樟丛中筑巢，斯塔尔可以看到巢的其余部分里混着它尾巴上的羽毛。斯塔尔对它没什么兴趣，只是看一看，因为它一大早就吃饱了，现在还不饿。然而，它还是在鸟巢周围做了记号，以备将来之需。很快巢里就会挤满了雏鸟，而且这个巢离地面很近，近到一只狐狸一跳就能很容易地把它撞倒。

斯塔尔一动不动，只有眼睛转来转去，此时，一只无声飞翔的松鸡在一片常青树丛中旋转。斯塔尔站了起来，嘴巴微微张开，耷拉着舌头。虽然它不饿，但松鸡是它随时都会接受的美味。斯塔尔拱起了脖子，微微侧着头，寻找着松鸡的气味。

蓝松鸦看见斯塔尔了。通常蓝松鸦都在树上找个安全的地方，发出尖叫，但现在它只是紧紧地抱着它的窝，一动也不动。它要保护它的窝，它的任何吵闹声肯定都会引起别的动物的注意。

斯塔尔竖起耳朵，面孔警觉，华丽的尾巴在身后蜷曲着，踩着黑色的爪子一步步朝着它看到松鸡掉下来的那个隐蔽的地方走去。它慢慢地移动步子，说不上是走，也说不上是小跑，只有观察力非常敏锐的眼睛才能发现它。它稍稍转了个圈，好让自己逆风而行。

斯塔尔一动不动地站在微风中，一只前爪蜷曲在身下，用尖鼻子搜寻着什么。在之前的两个小时里，有一只雄鹿从松柏林间经过，直到现在它的气味闻起来还十分强烈。老鼠爬进了藏在铺满松针的地皮下的泥土巢穴，一只毛茸茸的花栗鼠在长满青苔的树桩上吱吱叫。但是没有松鸡的气味，这下斯塔尔可被弄糊涂了。它曾看见那只松鸡走进灌木丛，但显然，现在不在了。无论如何，它没有闻到。

斯塔尔可能不太清楚，它不应该去找那松鸡的踪迹。冬天让荒野上的生命损失惨重，而春天正是恢复生机的好时候。没有哪个小灌木丛或者树林是那些妈妈或者准妈妈没有亲自来考察过或者鬼鬼祟祟地用眼睛观察过的，大自然已经为这些荒野生物准备好了成长的机会。尽管它在一年的其余时间里都散发着明显的气味，但在做母亲的这段时间里，它也有必要限制自己的活动范围，

只在巢穴周围的一小块区域内活动，因此可以说正在筑巢的松鸡是没有气味的。斯塔尔从离它不到五英尺的地方经过，甚至连想都想不到它会在那里。

最后，它找累了，就走到灌木丛的另一头，穿过了树林，小跑到山脊上。突然，斯塔尔掉了个头，以最快的速度向它来的方向冲去。

它闻到了一只软脚狐狸的气味，那是一只个头很大的雄狐狸，它的伴侣在地下洞穴里照料一窝幼崽。那只长着柔软的脚掌的狐狸总是坐立不安地四处游荡，它很难喂饱它的另一半和幼崽们，但它也不允许其他狐狸闯入它亲自挑选的猎场。软脚狐狸穿过斯塔尔的足迹，追着它穿过一个树木繁茂的山脊，来到一个岩石密布的山谷；当斯塔尔越过那只软脚狐狸自己定下的界限时，那狐狸便停了下来，不再追了。

在一小时内，斯塔尔第二次从森林里的一个幼崽身边经过，可它甚至都不知道那里有只幼崽。它冒险穿过一片生长着乱糟糟的杜鹃花的小树林，几乎差点踩到了一只四仰八叉地躺在地上的可怜兮兮的斑点小鹿。小鹿甚至连耳朵都从未抽动过一下，它与周围的环境如此完美地融合，甚至连老鹰都看不见它。像正在筑巢的松鸡一样，它也没有气味。

斯塔尔听到一声愤怒的鼻息声，随之而来的还有沉重的马蹄声，于是它连忙加快了慢吞吞移动的爪子。小鹿的母亲是一只三岁的小母鹿，小鹿是它的第一个孩子，它面对所有事情的时候总是准备着逃跑。而如今有这么一只无助的小家伙依靠着它，它就像拥有着苏醒的雄狮的胆量一样。母鹿做好了准备，可以马上和任何闯入它的领地的敌人战斗，它会用上所有的本领来保护它的小鹿不受伤害。母鹿把斯塔尔追赶到它认为安全的距离以外，然后回到它的孩子身边。

斯塔尔停了下来，很好奇。它自己也身处荒野之中，除非它知晓荒野中其他每个动物的习性，不然它没有存活下来的希望。它以为它已经了解它们了，但是，那是在它亲身经历了这一切之前，如今它又燃起了好奇心。在那头母鹿不再追赶它之后，它坐在一块突出的岩石上，尾巴蜷曲在腿上，脸上流露出浓厚的兴趣。随后它溜回了灌木丛里去。

它小心翼翼地选择了路线，让它可以一直闻到从灌木丛中旋出的微风，风中的气味会把母鹿的行踪告诉它。母鹿因为斯塔尔的出现很紧张，所以它一直在小鹿附近徘徊着。像大多数野兽一样，斯塔尔知道如何保持耐心，它就待在原地不动。它看不见那头母鹿，但它竖起了尖尖的耳朵，用鼻子搜寻气味。这里有一种神秘的东西是它所不理解的，它没有搞明白之前是不会离开的。

不一会儿，母鹿出去找食物了，于是斯塔尔匍匐着上前而去。它一点也不知道自己在找什么，不过还有一个比它更有经验的"森林巡游者"，它清楚为什么每年的这个时候灌木丛里都会出现这种气味消失了的怪事。斯图布，那个凶徒，也看见了那头母鹿，正沿着一条与狐狸平行的道路向前爬行。它们都不知道对方的存在，因为它们都像幽灵一样悄无声息，也闻不到彼此的气味。

斯塔尔走得很慢很慢，也没有完全蹲着，因为它想尽可能地看到更多东西。它因为一阵翅膀的抖动停了下来，但那不过是一只会唱歌的麻雀飞落在白杨摇晃的树枝上。鸟飞了起来，树枝轻

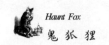

轻地晃动。斯塔尔稍稍向左偏了一点，继续鬼鬼祟祟地向前爬着。

　　这个完全偶然的举动让狐狸和野猫的路线在离小鹿几英寸远的地方相汇了。斯图布就在斯塔尔前面一点的地方，而斯塔尔有着更为敏锐的感知能力，在斯图布确切知道斯塔尔在这里之前，斯塔尔就已经感觉到了这只野猫的存在。

　　斯塔尔停在一个洒满阳光的小山丘上，一阵旋转着的微风让它发现了斯图布的存在。它蹲了下来，减少自己的存在感，然后完全一动不动了。它的尾巴僵硬了起来，像一条发怒的狗，毛发都微微地竖了起来。金灿灿得发红的阳光掠过空地，斯塔尔几乎完美地融入了那阳光的阴影中。

　　它心中涌起仇恨。它从来没有忘记它亲密的伙伴，布拉什，也没有忘记是斯图布杀了它的兄弟的事实。现在它的宿敌就在它前面。斯塔尔看见斯图布从月桂树丛里钻出来，站在一小块空地上。

　　那只野猫就像另一个影子，匍匐在森林的地面上，隐约可见；但它移动得那么安静、那么隐秘，只有最敏锐的眼睛才看得见。斯塔尔表面上看起来弓起了脖子，一动不动，黄色的眼睛怒火中烧，死死盯着斯图布。而那只野猫很清楚地知道附近有一只小鹿，它一心只想着找到它就可以了，它可以独自打猎。很久以前，斯图布就发现了小鹿是没有气味的，但它们值得寻找，因为它们绝对是一顿美味可口的晚餐。它慢条斯理地向前爬去，眼睛扫视着所有小鹿可能藏匿的地方。它朝着斯塔尔所在的小土堆望去，它本可以看见狐狸的，只是在那一刻，它的眼睛被小鹿轻轻晃动了一下的耳朵吸引住了。

　　小鹿躺在大约三十英尺远的地方，在三棵白杨树的根部，它们长得很近，几乎长在了一起。一般情况下，母鹿离开了之后，小鹿都会完全一动不动地躺在那里。但是，小鹿被一只长着条状翅膀的苍蝇发现了，那只苍蝇会狠狠地咬上动物一口，以此获取它所渴望的鲜血，小鹿的耳朵就被那只苍蝇狠狠咬了一口。小鹿轻轻动了动耳朵，想摆脱这个折磨它的家伙，这却让斯图布发现了它的藏身之处。

　　那只野猫不慌不忙。一只带着小鹿的母鹿如果被激怒了的话是异常凶猛可怕的，斯图布想在它捕杀小鹿之前先找到那头母鹿在哪里，好确认一下它是不是在近得可以攻击到自己的地方。它用无声的脚掌慢慢地移动，直到离斯塔尔不到六英尺远。它停了下来，眼睛仍然盯着小鹿，脚爪轻轻地搭在地上，歪着头。斯塔尔那压抑着怒火的神经已经紧张到一种忍无可忍的地步，突然就爆发了。

　　当它一跃而起的时候，它很清楚自己在做什么。虽然斯图布仅需不到一秒钟的时间就意识到自己被攻击了，但斯塔尔已经扑到它身上，狠狠给了它一击，然后在猫还没来得及反击之前就闪身离开了。被斯塔尔狠狠咬过的地方涌出鲜血，顺着这只野猫斑驳的、如丝般柔滑的兽皮往下淌。斯图布龇牙咧嘴地低吼。

　　斯塔尔是如何一跃而攻击它的宿敌的，它就是如何一跃而逃走的。它逃到一棵树上转过身来，脸上带着一副凶狠迎战的表情。当斯图布跃起打算反击压制住攻击它的敌人的时候，斯塔尔已经闪身离开了那棵树。当斯图布跳起来的时候，狐狸又扑向敌人的侧翼，比斯图布耙子一样的爪子早了两英寸击中目标。

接着，响起一声愤怒的鼻息和一阵灌木的沙沙声。当那头母鹿听到了打斗的吵闹声，生气地赶回来保护它的孩子的时候，斯塔尔早就在一片月桂丛中跳跃着，逃跑了。那头母鹿变成了愤怒的化身，把它所有的怒火都撒在斯图布身上。它用前腿狠狠踢了它两脚，把它踢得打了两个滚儿，直到斯图布跳上了白杨树才停下来。那头母鹿绕着树转了将近一个小时，它站起身子想要接近那只猫，然后用蹄子踢着树干，直到树皮都被踢碎了，树干上满是毛刺。最后，它放弃了继续守在那里，带着它的孩子去了另一个更安全的灌木丛。

与此同时，斯塔尔一直在跑，直到确信没有东西追它，它才安稳地小跑起来。它曾与敌人交战过，但由于它没有杀死敌人，所以双方的输赢仍然没有定数。只要斯图布还在荒野中徘徊，斯塔尔就不得安心，对那只猫的恨意仍在它的心中燃烧着。

它去了一片有很多棉尾兔出没的灌木丛里狩猎，却意外发现那只雌狐已经先它一步去过那里了。在这个季节，雌狐也还没有交配，斯塔尔急切地嗅了嗅雌狐的足迹。在上个冬天和春天的大部分时间里，它们都一起打猎、一起休息，但是它们已经有很长一段时间没有遇到过了，所以斯塔尔很开心能够找到它朋友的踪迹。它发现了雌狐在哪里抓到了一只兔子，又在哪里吃掉了它，然而一时还拿不定主意要不要去找雌狐。最终它没有去，因为它现在很饿。在做任何其他事情之前，它得先填饱肚子，而它现在正打算捕猎，它更喜欢独自干这件事。

它转身向山下，朝着山谷和农场走去。它心里骤然生起一阵兴奋，眼睛里闪着调皮的光。它知道它是在自找麻烦，但它肯定这会为它即将踏上的冒险之旅增光添彩。

太阳已经落山了，山谷笼罩在阴影中，山顶被漆成了一片纯金色。这时，斯塔尔出现在树林的边缘，望着它和克劳利家的田地之间的那几棵树和零星的灌木丛。

杰夫·克劳利跟在一群脚步沉重的、干活用的马后面，正赶着去把新犁过的田地，以便明天播种。奶牛慢慢地走过牧场，在它们慢悠悠地朝着牲口棚踱步的路上，最后一点绿草也被它们吃掉了。在它们自己的围栏里，春天新生的小牛们抖动着自己的蹄子。鸡、鸭、鹅和火鸡在整整一天地纵情吃喝之后，聚集在谷仓的院子里，无所事事地啄食着它们所能找到的食物。

斯塔尔既没看见杰克，也没闻到桑德的气味，虽然他们就在那儿，桑德在阳光下睡觉，杰克在牛棚里干活。斯塔尔躲在一排参差不齐的小灌木后面，大摇大摆地走向一棵新长出叶子的枫树。

它压低着身子前行，再一次把农场看了一遍。斯塔尔很清楚桑德就住在这里——它没有忘记那个风雪交加的夜晚，桑德一直在它的后面穷追不舍。它并不害怕那只猎犬，因为斯塔尔后来发现，它可以很容易地从大多数猎狗的追逐中全身而退。

突然斯塔尔停住了脚步。

克罗利家的大多数家禽都知道夜晚即将来临，都待在鸡舍附近，但有一小群斑点珍珠鸡，像野生似的，还在枫树周围觅食。最后，它们好像一条心似的，不再捉它们赖以为生的蚂蚱了，而是挥舞着翅膀像野鸡一样飞向枫树，它们常常在那里栖息过夜。

直到它们离它很近了，斯塔尔才敢动身。它猛地一扑，在那些鸡还没反应过来发生了什么之前就"啪"地一下把一只斑点珍

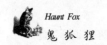

珠鸡死死咬在了嘴里。它嘴里的那只鸡猛烈地抖动着翅膀挣扎，其余的鸡一哄而散，发出了可怕的尖叫。它叼着它的战利品，头也不回地离去。但是，在逃跑的过程中，它正好路过了蚁丘，而且在上面留下了清晰的脚印。它一边跑一边听到杰夫·克劳利大喊大叫。斯塔尔冒险回头瞥了杰夫一眼，杰夫已经放下了手头的活计，朝着树跑过来。

斯塔尔一路狂奔，直到跑进了树林为止。然后它找了一个方便的灌木丛，停下来吃东西。它时不时地会停下来，把头拱向身后，看看它来时的路。没有猎犬的吠声，也没有任何动物追逐它的迹象。斯塔尔吃完了珍珠鸡，舔了舔下巴，心满意足地朝山里走去。

没有人追它，因为杰夫就像一个猎人一样，除了在雪地上，他不喜欢带着猎犬到处跑。而且，黑夜即将来临，而桑德还只是一只小狗。毫无疑问，它会沿着狐狸的足迹一直勇往直前，但放任它追下去，那么就意味着会冒着在森林里失去它的危险。杰夫在蚁丘发现了斯塔尔的爪印，一眼就认出了它。只有胆大狡猾的动物才会趁着天亮，在离房子这么近的地方突袭。斯塔尔，这只神出鬼没的狐狸，现在可不止六趾这么一个特点了。杰夫研究了在枫树附近设置陷阱的可能性，以防斯塔尔再次作案。他决定和这狐狸斗一斗。毕竟珍珠鸡喜欢在树上栖息，火鸡也经常在这树上觅食，布下陷阱的话捉到的可能不是斯塔尔，而是自己的一些家畜，或者别人家在这里徘徊的狗。

话说回来，斯塔尔没有再回到那棵树下，它已经抓住了一只珍珠鸡，清楚剩下的那些还会在那棵树周围徘徊。但是它也清楚自己被发现了。在同一个地方连续多次狩猎可不是个明智的做法。从那之后，大概长达两个星期左右，斯塔尔都乖乖待在山上，完全没有接近过农场。

尽管如此，它逍遥法外的名声还是更加声名大噪。杰夫·克劳利讲述了这次突袭的故事，故事从山谷的一端传到另一端，传出了许多不同的版本。一天晚上，一只郊狼突然闯进了麦克·泰兰特的牧羊场，撕开了六只羊的喉咙。没有人亲眼看到袭击者来去的踪迹，也没有发现它的足迹。尽管那些非常了解狐狸的人也很怀疑狐狸们是否会以这样的方式杀死猎物，但他们还是把这次突袭的"功劳"算在了斯塔尔的身上。第二天，就在光天化日之下，一只狐狸突然从杨树中蹦出来，跳进正在小溪里游泳的鸭群里，叼走了最肥、最大的那只。人们看到那只狐狸了，但是因为所有人的关注点都在那只神出鬼没的狐狸身上，所以这次突袭也算在了斯塔尔身上。

整个山谷都想猎杀它，甚至有人说要有组织地猎杀所有的狐狸。头脑更冷静、更有见识的人则表示这种想法是愚蠢至极的，狐狸不是待宰的羔羊，它们是一种聪明的动物。就算山谷里的每个人都拿起枪棒加入到狩猎中，他们也不可能找到所有狐狸。退一步来说，现在正是农民们最忙碌的季节，如果每个人都跑去猎狐，那谁来务农呢？对他们的农场疏于管理可是会造成比狐狸的袭击更为严重的损失。如果一定要杀死斯塔尔的话，那最好还是找像戴德·马特森这样的专家来解决比较好。

但在戴德开始追踪之前，斯塔尔又制造了一次突袭。

它正在谷口附近徘徊，一股熟悉的气味飘进了它的鼻孔。夜

幕刚刚落下，斯塔尔停下了脚步，伊莱·卡特曼的气味飘向它。斯塔尔还记得上个冬天，伊莱那条跑得飞快的猎犬对它穷追不舍，霰弹枪的子弹烧焦了它一小块兽皮。虽然斯塔尔当然不知道霰弹枪是怎么一回事，但它非常清楚，即使伊莱在很远的地方，他也有能力以某种神秘的方式伸手攻击自己。

不过，那次是白天，而现在是晚上。斯塔尔静静伫立了一会儿，一点也不害怕。它小跑了一小段路，找到了气流更大一点的地方，闻到了伊莱的猎犬的味道。斯塔尔伸出舌头。它很尊敬伊莱的猎犬，但它对自己的能力越来越有信心，它相信自己可以跑得比任何狗都快，或者在跑累了的时候，也有信心能把它甩到一边。斯塔尔在漆黑的夜里紧张得手舞足蹈了一会儿，因为吹进它鼻孔里的气味中混合着一种新的、有趣的气味。

两年多以前，伊莱觉得可以用兔子皮赚钱，于是买了一批良种饲养。虽然这些兔子本来是被关在棚子里的，但是它们现在从它们的栖息地里跑了出来，在伊莱的畜棚和外屋的周围力所能及地寻找着庇护所，躲了起来。

斯塔尔偷偷溜到伊莱的十几只大兔子吃草的地方。它叼走了一只，其余的兔子几乎没有受到任何打扰，甚至动都没有动一下。这些兔子不像那些野生的棉尾兔或雪地兔，它们是经过驯化的动物，长期享受着人类的保护，早已变得迟钝。斯塔尔把它的战利品带回了森林，一直吃到再也吃不下为止。

一般情况而言，它很长一段时间都不会再去同一个地方狩猎了，但是那天没有吵闹声，所以它怀疑自己根本没有被发现。第二天晚上它又拜访了伊莱家，又叼走了一只兔子。这真是个丰厚的收获。捕猎这些愚蠢的兔子不仅毫不费力，而且一只这样的兔子跟四只棉尾兔差不多大。在接下来的七个晚上，斯塔尔每天都要去一趟伊莱家，每次都叼走一只兔子。它学会了只享受上等的部分，把剩下的留给那些吃腐肉的家伙。斯塔尔甚至都长胖了。

　　伊莱付出了惨痛的代价才明白，养兔子并不是快速致富的最佳途径，于是那些兔子就被他丢在棚子里，也不再上心照看了。因此，他没有发现任何异常，也就没有费心去调查。直到有一天早上，他没有看到那只一直待在棚子附近很显眼的黑白相间的大兔子。伊莱仔细一看，发现了斯塔尔的踪迹。

　　伊莱也是个猎狐好手，他看出斯塔尔白日里就在附近的树林里躺着，一到晚上就来偷袭。和杰夫一样，如果不带着猎犬在雪上追逐的话，他并不需要带上猎犬。伊莱犹豫了片刻还是用皮带把猎犬牵出来，跟着斯塔尔的踪迹，找到一丛斯塔尔进食的时候曾经待过的灌木丛。曾用作餐厅的灌木丛里，兔子的皮毛和骨头到处都是。

　　伊莱发誓说，总有一天，这只神出鬼没的狐狸会为这些袭击付出代价。与此同时，斯塔尔的名气也越来越大。

第六章　狂犬病

阳光异常灼热，热得草都枯萎了，叶也枯萎了，热得令人恐惧。鸟儿们张大着嘴昂首阔步地走来走去，扬起翅膀，无论如何都想让微风能吹到它们。牛只在凉爽的清晨或傍晚吃草，白天炎热的时候就站在树荫下或到膝盖那么深的水里。狗子们在土地上面挖洞，想找个舒服凉爽的地方。在经历了最难熬的冬天之后，大家都记得接下来的便是最炎热和最干燥的夏天。

似乎已经很久不下雨了。在阳光的炙烤下，春天时溪水没过堤岸的水位渐渐下降了，变成了一连串的浅水池和慵懒的溪流，连大石头都好像被晒焦了。即使太阳最终落在了西边的山脊后面，也很少有凉爽的微风拂过，但夜晚至少可以让人免受烈日的炙烤。正是这种环境，令万物癫狂。

杰克·克劳利是第一个直接目击到得了狂犬病的狐狸的人。一个夏末的午后，他在路上散步，桑德懒洋洋地跟在他后面，这时猎犬突然靠在他的腿上，不安地呜咽着。

杰克摸了摸狗，发现它在发抖。他以前从来不知道桑德有这样怕过什么。杰克脊背一凉，打了个寒战。

"过来，桑德。"他说，但他其实没有什么底气。

桑德紧紧靠着他。它竖起了毛发，嘴里翻滚着不安的咆哮。杰克四处张望，想寻找棍棒或石头，但附近什么也没有。灌木丛里也许能够找到一件武器，但突然间，他根本不敢走进灌木丛。

就在这时，红狐出现了。

它像幽灵一样钻进了路边疏落的灌木丛里。它是活的，但却不像其他生命一样目的不明确、欠缺灵气，也毫不在意前路上有没有绊脚石。它撞在了一根死气沉沉的木棍上，那根棍子斜靠着一棵树，于是狐狸愚蠢地一次次试图推动木棍，只有那根棍子偶然掉落下来，它才能继续前进。

杰克盯着它，吓坏了。狐狸是很有灵气的动物，从它们黑色的鼻子尖到它们毛茸茸的尾巴上的最后一根毛发都是鲜活的。它们非常狡猾，甚至不会在人类面前现身，更不用说会蠢到出现在离人只有几英尺远的地方。

桑德生来就是为了猎狐的，但此刻它却害怕得呜咽着，偷偷靠在杰克的身边。

那野兽走近了些，下了一个小斜坡，走了一半的路。它转向杰克和桑德的双眼似乎什么也看不见，但有一团红光在那双眼睛里面燃烧着。那狐狸迈着优雅的步伐慢悠悠地朝他们走来，嘴唇从光滑的尖牙上卷起。然后它停了下来，被与大路平行的那条小溪的潺潺流水声弄得心烦意乱。它盯着水整整看了十秒钟，随后跌跌撞撞地朝小溪走去。

杰克的腿恢复了知觉。他顺着大路向农舍跑去，桑德紧跟着

他。他的额头上布满了汗珠，恐惧使他心跳加速。当他咔嗒咔嗒走上后门廊的台阶时，他父亲打开了门。

"怎么了，小家伙？"

"那只狐狸！"杰克气喘吁吁道。

"放轻松，"杰夫安慰他，"冷静一下，然后再告诉我发生了什么。"

杰克控制住自己，把事情经过讲了出来。杰夫聚精会神地听着，然后问了一些引导性的问题：这只狐狸真的是故意靠近人类的吗，还是杰克吓到它了？它看起来是什么样子的，都做了些什么？杰克有没有觉得那只狐狸是生了什么病？

故事结束时，杰夫看上去很严肃。野生狐狸中不时会爆发狂犬病，而且总是很严重。一只发狂的狐狸会失去它平时所有的谨慎和羞怯，它会漫无目的地到处游荡，攻击任何东西，它的撕咬就像鼓腹巨蝰一样致命。杰夫从枪架上取下他的猎枪，在弹匣里装满子弹，上了膛。

"让我们去会会你说的那只狐狸吧。"

杰克的妈妈担心地看着他们："小心一点。"

"别担心，"杰夫向她保证道，"我们会没事儿的。"

桑德走在他们前面，走到离门廊不远的地方便停了下来，把尾巴弯在腰上，又小跑着回到门廊。这条猎狗不想再去面对那种恐惧了。它坐在门廊上，严肃地看着杰克和杰夫上了路。

他们来到灌木丛中，朝下面的小溪望去，只见狐狸正穿梭在裸露的乱石中。它停下来对一块巨石发起了毫无意义的攻击，杰夫举起了猎枪。狐狸转过身，看见了他们。它突然兴奋起来，借着一块石头纵身一跃，径直向他们二人扑来。杰夫端着枪，当那只野兽离他大概十码远的时候，开枪射击。当子弹击中目标时，它的毛皮上腾起一小团灰尘。狐狸当即跌倒在地上，再也无法动弹了。

杰夫又开了一枪。那只狐狸已经死了，当这第二声枪响时，它被向后甩了一两英寸。不过，在走上去之前，杰夫还是再次给枪上了膛。

他们低头看着那只死去的动物。死去的它看起来和其他普通的野兽没有任何区别，除了它的体表上面爬满了虱子，正常健康的狐狸是不能忍受这样的。杰夫若有所思地用脚戳了戳那狐狸的尸体。

"经过实验室化验，我们就能明确地做出判断了，"他说，"但没有多大意义，因为我肯定这就是狂犬病。我叫维特梅尔医生去给狗打预防针，我们最好看好牲口。在这件事情结束之前，无论你去哪里——即使是去谷仓的时候，都带着猎枪或一根结实的棍棒，让它们时刻都在你触手可及的地方。"

"要多长时间？"

"我也说不好。"杰夫说，"这可能只是一次小范围的患病，也可能是一场持续很长时间的流行病。"他悲伤地看着死兽，"明年冬天雪地上的狐狸就不会那么多了。"

杰克说："看！"

小溪上横跨着一小块草地，在草地远处的尽头，有只狐狸在灌木丛中一闪而过，消失不见了。杰夫看着它跑出了自己的视线。

"当然，不是所有的狐狸都会得病。显然那只大狐狸目前为

止就逃过了一劫。"

杰克一冲动,说道:"我希望那只神出鬼没的狐狸可以安然度过。"

"为什么?"

杰克尴尬地愣了一会儿。他曾做过在雪地上追逐狐狸的美梦,但尝试过后剩下的只有挫败感,桑德在第二次打猎之后,根本就跑不动了。但是杰克背地里还是想着那只神出鬼没的狐狸。桑德总有一天会再次追上它的,谁能把这只神出鬼没的狐狸搞定,谁就会在猎狐者中独占鳌头。杰克已经暗自下定决心,只要有任何可能的办法,他都一定要成为那个独占鳌头的猎人。

杰夫露出他少有的理解的微笑。"我也希望它安然无事。"他说,"好了,我去拿把铁锨把这只埋了。可怜的魔鬼。对它来说,被击杀是最好的结果了。"

横渡了小溪,一找到能够安全躲藏起来的灌木,斯塔尔就停下了脚步。它为了突袭克劳利家的农场,特意从山上下来,闻到那只得了狂犬病的狐狸味道的时候,它停了下来;当斯塔尔走近的时候,那只狐狸正在卵石路上漫无目的、跌跌撞撞地蹒跚而行。斯塔尔观察了几分钟,然后看到杰夫和杰克拿着猎枪回来了。

斯塔尔一点也不害怕这两个人类,但是它对这只狂暴的狐狸的接近感到不安。和桑德一样,斯塔尔也不知道这究竟是怎么回事儿,但是能感觉到这只狐狸出了很严重的问题。它见过其他得了狂犬病的狐狸,没有任何事情能够比它们更让斯塔尔感到恐惧。

它听到枪声响起。那枪声令它紧张,但它没有跑,因为它清楚那两个人没有看到它。利用岩石和灌木丛提供的掩护，斯塔尔溜向更深处的树林。它小跑着穿过那片小草地，它怀疑那两个正在观察死狐狸的人已经发现了它。但它对此也毫不担心，前面的森林很近，它很快就到了。

在过去的几周里，斯塔尔一直独自生活。它一直没有遇到过雌狐的足迹，也不知道雌狐已经走到分水岭的另一边去了，而斯塔尔就在分水岭那里安了家。即使雌狐出现了，斯塔尔也不会和它同行。在这里，在这个出现了疫情的地区，除了它自己以外，无论是什么它都害怕。

斯塔尔轻松地爬上山脊，来到了山顶上一片长满了黑莓的树丛。它停下来，坐下来，用右后爪挠了挠右脖子。它扭过身子，咬了咬腹部一侧一个发痒的地方，然后又咬了咬另外一边。如果是得了狂犬病的狐狸的话，就再也不会在意虱子了，但是斯塔尔没有生病，它喜欢自己保持干净。可虱子一直在烦它。

它穿过黑莓藤条，来到一片布满巨砾的白杨林。树林旁有一条小溪，在岩石间潺潺流动，它是泉水汇集而成，因此总是那么凉爽。斯塔尔喝了点儿水，踩上了一颗卵石，优雅地稳了稳自己的身子，然后顺着溪水，逆流而上。

在大多数情况下，小溪一路上都是在卵石间汩汩作响的急流，但也有一些池塘，里面会有溪红点鲑 ① 在水中游来游去，追逐着漂在水面上的臭虫。虽然天色还没有黑透，这片闷热的荒野还没有得到一丝安慰，但小河两岸都很凉爽。一只肥胖的老土拨鼠在

---

① 分布于欧洲、美洲及北极地区的一种淡水鱼。

树荫下休息，当斯塔尔走近时，它不情愿地摇摇摆摆地向旁边走去。土拨鼠龇牙，发出咔哒咔哒的声音，以示抗议。它在一个裂缝口停了下来，做好准备，如果狐狸突然转身攻击它的话，它就跳下去。

斯塔尔继续向前走着。它很饿，但是这只大土拨鼠的战斗力很强，它现在不想为了晚餐大干一场。另外，它现在有个不同的使命。斯塔尔走到乱石的尽头，又走进了一片白杨的小树林。

这是靠近谷口的地方，两边的山都是山脊。在这里，在白杨丛中，海狸在小溪上筑起了一道堤坝。多年来，随着海狸栖息地的扩大，水坝也逐渐增长，现在它已经到了浅河谷的一半。那里有许多小的饲料坝，小河上游还有一些较小的海狸聚居地。

一只大河狸在上游的大池塘里游泳，当斯塔尔靠近时，它只是在原地打转，甚至都没有用尾巴拍打水面，发出警告的声音。海狸和狐狸从来都不是敌人，谁也不想伤害对方。

斯塔尔没有注意海狸，在水坝边的一堆垃圾中乱抓一气。它好像是在玩耍似的，叼起了一根被海狸啃光了树皮的白杨树枝。过了一会儿，它把棍子扔在一边，又选了另一根。斯塔尔把树枝叼在嘴里，悄悄地走进了水里。

斯塔尔涉水而入，在泥泞的河底摸索着前进的方向，当它走到水很深的地方的时候，它就游了出来。它让自己沉入水中，只露出它那细长的黑色口鼻尖端。那根棍子被它紧紧咬在嘴里，斯塔尔不让它沉进水里，甚至连水都不沾到。

在它身后，它那湿透了的尾巴像一个大鱼钩一样蜷曲着，每根毛发都在冰冷的水里笔直地站着。斯塔尔游到池塘中央，转了一个弯，然后游回了它可以用爪子触到河底的淤泥的地方。它在那里站了一会儿，几乎是潜在水中的，然后又往池塘深处游去。

它在水里待了整整二十分钟，最后它终于游向了岸边，把那根木棍留在池塘里漂着。斯塔尔达到了它的目的。由于没有其他干燥的地方可去，虱子只好都躲到了树枝上，斯塔尔又是干干净净的了。它爬上岸，在渐暗的日光中使劲抖着全身的皮毛，然后它坐了下来，挨个舔着它的爪子。

岸上现在有四只海狸，每只都在忙着啃食一棵白杨树。这就是夏天，但是住在海狸栖息地的居民们都晓得，冬天还会再次到来。它们的池塘会结冰，它们会被囚禁在冰下。夏天是它们的辛苦劳作时间，在另一个冬天来临之前，池塘里必须有足够的食物来帮助它们度过寒冷的季节。海狸拼命地干活，没有注意到红狐悄悄地小跑过去。

斯塔尔犹豫了，它不确定它是应该在森林里狩猎，还是回到克劳利家的农场去找点儿吃的。但是它现在离克劳利家的农场很远，而且突袭农场带给它的那种美好的冒险的刺激感也已经消失殆尽。只剩下关于那只得了狂犬病的狐狸并不愉快的记忆。斯塔尔在铁杉树丛中狩猎，发现了一群春天出生的松鸡，它们还不知道在树上栖息才是明智之选，于是斯塔尔就抓了一只吃掉了。

它睡在了同一片灌木丛里，而那些幸存下来的松鸡当时虽然一哄而散，盲目地飞进了黑暗中，但一有机会，它们就缩成一团。斯塔尔夜里常常醒来，换了四次姿势。当疫情的高潮来临的时候，宁静的睡眠和无忧无虑玩耍的时光已经一去不复返了。

第二天早上的黎明时分，斯塔尔离开了灌木丛，小跑回海狸

们的堤坝。它喝着水，池塘里晨雾缭绕。之后它缩了回去，试图躲在雾中，一动不动，以免暴露自己的存在。

从池塘对面的山脊上下来了一只雄性大臭鼬。就像得了狂犬病的狐狸一样，臭鼬也失去了让它活着的最重要的活力，狂犬病赋予了它那种独特的状态。疯狂控制住了它。它爬上了一棵被砍倒的树，站在那里，扭动了一会儿长在短脖子上的脑袋。然后它径直向一只还在辛苦劳作的海狸冲去，那只海狸还没有意识到它的存在。

突然海狸及时发现了那只臭鼬，立刻滚进了池塘。它停了很长一段时间，用尾巴拍打水面，作为对其余的海狸们的警告，然后急忙潜入水中。

那只得了狂犬病的臭鼬毫不犹豫地跟着海狸下了水，径直撞向池塘，用它那圆滑的脑袋冲破水面。它既没有目标，也没有目的地，当它碰到一根漂浮的棍子时，臭鼬试图爬上去。那根棍子被它按进了水下，然后又浮了起来。那只臭鼬试着爬了二十次。它徒劳的努力越来越微弱，当棍子终于漂走时，臭鼬也无力地跟着它浮动着。臭鼬随着那根棍子一起越过溢洪道，进入一个较小的水池，然后漂进了一个咆哮着的浅滩。

斯塔尔悄悄地溜走了。它已经学会了用自己的机智来对付它周遭的一切，但是机智和狡诈并不能战胜这次的恐惧。它无处不在，无法避免。当一只野火鸡和它的一窝雏鸡在它面前四散开来时，斯塔尔吓得跳了起来，它都没有试图追赶它们。虽然它想要食物，但比起饥饿，更多的是紧张。

太阳升起了，像一个火球在天空中燃烧，斯塔尔热得开始喘气。它绕回小溪，因为它记得那里比较凉爽。到了小溪边，它找了一个水池，舔了一些凉爽的溪水，然后躺在水池里。接着它站起身来，抖了抖身子，向河床走去。

它越往源头走，小溪就越来越小。有些河段已经干涸了，那些河段里的水流都藏在了地下的河道里，还有一些正在缩小的水塘。这些池子里满是上游下来的鳟鱼，斯塔尔充满期待地在每个池塘周围闻了闻。然而，尽管里面有很多鱼，但所有的池塘对它来说都太深了，在这种水里它抓不到任何东西。

其他以吃鱼为生的动物都活得很好。一只叽叽喳喳的翠鸟飞过斯塔尔的头顶，向上游一百码的池塘俯冲而下，爪子里抓着一条三英寸长的鳟鱼。一只水貂欢快地游着，小脑袋破水而出，它也抓到了一条鱼。斯塔尔冲上前去，打算去偷战利品，但貂却溜进了一个小裂缝里，咆哮着反抗。斯塔尔几乎快到了小溪的上游才找到吃的东西。

它来到一个又长又宽的水潭，池水很浅，有些鱼即使是游在水最深的地方，背鳍还是露出了水面。斯塔尔涉水而入，一群鳟鱼疯狂地在它周围游来游去。每当它们经过时，狐狸只需要低下头，"啪"的一声，就能衔住一条鱼。它们并不大，但足够满足斯塔尔的胃口了。

它小跑着来到小溪的源头，那是一条长满青苔的小溪，从一个浅滩下的小积水潭中汩汩流出来，斯塔尔舔了好几口水喝。然后，它开始越过一个岩石山脊，打算穿过山脊，从对面的山谷下去。斯塔尔知道几个凉快的地方，它可以在天气最热的时候舒舒服服在那些地方躺会儿。

斯塔尔在山脊上转了一半的时候，忽然转头，毫不迟疑地以最快的速度向相反的方向冲去，它及时地发现了有什么东西在离它不到二十英尺的地方一闪而过。

是那只软脚雄狐，它为了它的配偶和幼崽而忠实地捕猎。软脚狐狸感觉到自己好像感染了那种令人发疯的病，故意远离了自己的家人们，尽其所能地跑得越快越好，越远越好。

此刻的它早就忘却了它的家人们，它在发烧，好像脑袋里的所有东西都在燃烧似的。因为它没心思吃东西，所以非常憔悴。虱子在它身上横行，但它也毫不在意。它饱经折磨，想把自己所受的折磨也让这一路上碰到的家伙们尝一尝。软脚狐狸闻到了斯塔尔的气味，便把自己藏了起来，一直等到斯塔尔快走到它身边才发动进攻。现在软脚狐狸的速度和愤怒是近乎狂躁的。

斯塔尔绝望地飞奔，极度的恐惧笼罩着它；它知道当务之急是绝对不能让软脚狐狸抓住自己，这需要它用尽全身的力气撒腿飞奔。它甚至都不敢回头向后瞟一眼，看看软脚狐狸离它有多近。除了狂奔以外它什么都不能做。

它飞奔上了一条小路，这条小径是徘徊在森林里的鹿踩出来的，它跃过一根高高的圆木，它感觉爪子上有什么东西"啪"的响了一声。可它没空思考这个，因为它以为那是软脚狐狸下巴咬合的声音，于是更是使出了双腿最后的一点力气全力冲刺。

斯塔尔又跑了一英里，才确定没有狐狸在跟着它了。它放慢脚步，小跑起来，心脏怦怦直跳，舌头从张开的嘴巴上奔拉出来。最后，它终于停了下来，前肢踩在一块岩石上，抬起身子，回望它身后来时的路。什么也没跟着它。

　　软脚狐狸在一英里之前被戴德·马特森在圆木上设置的一个陷阱缠住了，就在斯塔尔认为软脚狐狸向它扑来并且发出"啪"的咬牙声的地方。斯塔尔自己从两个陷阱中的一个逃脱了，因为它用爪子跳过了圆木，而软脚狐狸正好落在第二个陷阱里。

　　由于对疯狐的恐惧，山谷里的农民们为每一只被抓住的得了狂犬病的动物提供十美元的赏金，戴德·马特森正在为此努力工作。这也许是他做过的最仁慈的事了，因为那些受难的野兽注定会痛苦地在山谷中游荡，无论如何，它们中的大多数都会死去。

　　斯塔尔快步走着，心中仍然充满着冰冷刺骨的恐惧。它整天没有停下来，到了晚上，它只停下来一会儿，打猎进食，然后又走了一整晚。

　　第二天拂晓，它走到了遥远的山里，离它所知道的任何地方都有几英里远。除了不能再待在原来的那片山里以外，它没有别的打算。现在它终于踏实下来了，疾病还没有传播到这么远的地方来。

　　斯塔尔整天躺在灌木丛里。到了晚上，它再出去打猎，当另一只狐狸—— 一只健康的狐狸——的气味穿过它的鼻孔时，它停了下来。

　　斯塔尔高兴地跑上前去，用鼻子嗅着雌狐的气味。

第七章　维克森

夏天的炎热过去了，那场疯狂的传染病也就过去了，当第一场霜冻在黄色的白杨树叶子上闪光的时候，荒野又变得透亮起来。

不幸的是，荒野也遭到了破坏。几乎每一座山谷里，到处都不乏一堆堆可怜的白骨，那是那些得了狂犬病的动物最终死后留下的。今年，除了那些几乎没有受到影响的春季幼崽以外，没有多少只狐狸会在新雪上留下足迹了。

但幸存下来的那些却过上了富裕的生活。因为帮助控制数量的狐狸越来越少，棉尾兔、雪靴兔和老鼠都成群结队地跑来跑去，它们啃树皮，啃树根。从野草上掉下来的种子几乎还没掉下来就被吃掉了。

兔子和老鼠并不是唯一争夺食物的动物，四处觅食的熊预感到冬天要来了，急于填满它们的肚子，储备足够的脂肪，好让它们安然度过漫长的冬眠。它们用笨重的后腿站立着，拉下野生苹果树的树枝，好让自己摘下疙疙瘩瘩的苹果。或者它们会直接爬上树，仅凭自身的重量让挂满果实的树枝摇晃、折断，坠到地上。

鹿也来了，渴望能分得一杯羹。长着鹿角的雄鹿，打磨自己新长出的角上的绒毛的时候，就已经把幼树的树皮磨成了碎片，然后用鼻子寻找着佳肴。春天出生的小鹿已经历经了一些磨砺，在小树林的边缘等着，随时准备着冲进来偷些果实，随后便会有一只更强壮、更有活力的雄鹿把它们赶走。

为了更好的东西而产生的竞争，往往会变成一场打斗。斯塔尔就坐在满是石头的山坡上，毛茸茸的大尾巴围着后爪卷着，看着一场这样的战斗。它吃得饱，因为于它而言狩猎变得再容易不过了。斯塔尔用它的前爪敲打着地面，好奇地注视着在它面前展开的景象。

在一条水流湍急的小山溪的河床附近，生长着五棵野苹果树。炎热的夏天给它们带来了几乎是处于热带般的丰饶，因为它们有充足的水来充实它们的根茎，并把土地中丰富的养料灌输进自己的体内。这五棵苹果树曾经硕果满满，但现在几乎被饥饿的熊吃光了。

离那些树不远的地方站着两只母鹿，春天出生的幼鹿们紧随其后。小鹿们害羞地躲在妈妈的身后，而母鹿们则来回踱步，看着一只背对着苹果树的、鹿角生得如犬牙交错的公鹿。附近的灌木丛里有动静，另一只雄鹿从森林里出来了。它比已经在苹果树下的那只大了一点，鹿角粗壮，长得高高的，且十分宽大。

那两只雄鹿恶狠狠地对视了一会儿，互相摇着鹿角。但是它们清楚势均力敌，它们也知道这一场战斗将会耗费一段漫长的时间。但为了收获汁多味美的战利品，而且还有母鹿们在旁边等着，两只公鹿都不愿退避三舍，下次再战。

斯塔尔伸出舌头，张开嘴巴，打了一个大大的哈欠。它吃得饱饱的，兴致勃勃地看着一只大雪靴兔，它正跳下来，满怀希望地朝着苹果树望去。当其中一只雄鹿朝它猛冲过去时，雪靴兔又急忙跑回去藏了起来。

突然，一阵风把熟透了的苹果吹到地上，雄鹿们忙着吃，而这两只小鹿则冲上前去，尽其所能地抢夺它们能得到的东西。它们敏捷地跳跃着，避开了雄鹿扑过来的鹿角。

斯塔尔转过头去，一只小熊慢吞吞地走下斜坡，要抢它那份战利品。熊和最大的那只公鹿怒目对视了一会儿，然后便停下来在树的两边面对面地吃东西。

当掉落的苹果都被吃光了之后，雄鹿们更为凶猛地冲向母鹿和幼崽，熊也挥舞着前爪攻击它们。较大的雄鹿用鹿角顶着小鹿的腹部一侧，小鹿的肋骨又被划了一下。它们哼了一声，快速地分开，接着低下头，踏着前蹄，摆出了战斗姿态。

斯塔尔转过头去嗅着微风。是维克森的味道——维克森下山来找它了，自从它再次找到了维克森之后，它们就又待在一起了。它们碰了碰鼻子，维克森跟它一样感兴趣，于是便蜷缩在它身边，在苹果树下看戏。

两只公鹿同时向前冲去，迎面而遇。两副鹿角相撞，似乎发出了一种信号，两只鹿的眼睛里都跃起了怒火。它们分开，鹿角又哗啦一声撞在一起。它们较了一会儿劲，脖子上的大块肌肉清楚地显示出彼此都在努力地顶着对方。

它们再次分开，同时跃起，鹿角撞击发出的咔嗒声在森林里回荡。小一点的雄鹿迅速攻击大的那只柔软的腹部，但没有成功。

它们冲着对方怒吼了几分钟，之后开始用鹿角和锋利的前蹄凶狠地砍向对方。

突然，母鹿和小鹿把白色的尾巴卷在背上，一跃进了森林，消失不见了。维克森像一缕无声无息的轻烟一样上了山，不一会儿，熊也匆忙地逃走了。

斯塔尔也闻到了戴德·马特森的气味，但它暂时没有动弹。它早就学会了如何判别人的行动了，戴德离它还有一段安全的距离。斯塔尔对这两头公鹿的打斗非常感兴趣，不到必要的时刻它是不会离开的。

过了一会儿，它站了起来，尖尖的鼻子迎着风。戴德靠近了。斯塔尔不安地挪动着前爪，它从树丛的空隙中看见了戴德，便悄悄地溜进了一个隐蔽的地方。斯塔尔趴在一棵倒下的树后，只露出尖尖的耳朵和眼睛在外，看着猎人追上来。它知道自己藏起来了。

正在打斗的公鹿们奋力搏斗着，没有时间去看别的，当戴德走进这块生长着苹果树的小空地的时候，它们还在继续互相冲撞着。戴德停下来观看这场打斗，而斯塔尔则一直盯着他。

雄鹿们又停下来歇一会儿。它们喘着粗气，互相怒目而视。一阵微风把这个沉默的观众的气味吹向了它们。它们弓起了胯骨，转过头去，仍然因为战斗的激烈而热血沸腾。大一点的那只保持着僵硬的姿势，顽强地朝戴德走去。它像一头愤怒的公牛一样用蹄子抓着大地，摇动着它那令人敬畏的鹿角。

斯塔尔仍然一动不动，眼睛闪闪发亮。它很了解人类和他们的生活方式，但不太了解他们的武器。它看到戴德的手滑向了手

枪皮套，然后这个猎人便抽出了一把左轮手枪。

响起一声雷鸣般的爆炸声。那只巨大的公鹿浑身发抖，摇摇晃晃地向前走了三步，转身要跳开，但是它的肌肉已经不听使唤地软了。戴德的左轮手枪里的子弹射得很深，公鹿刚要起跳就被射中了。它鼻子朝前一仰，勇敢地想站起来，却倒了下去。小一点的那只则奔向了树林的安全地带。

斯塔尔溜走了，它害怕戴德·马特森和听从他指挥的可怕力量，但也不至于怕到会因为一时冲动或失策而暴露自己身份的地步。

像一只潜行的猫一样，它谨慎地贴着地面移动，直到它找到一块大石头做盾牌之前，它始终让圆木处在它和戴德之间。最后，它绕过一丛灌木，小心地回头望着苹果树。

猎人收拾倒在地上的公鹿的时候，斯塔尔还能听到和闻到戴德的存在，但它看不见他，而且有理由相信戴德也看不见自己。斯塔尔站起身来，向山上跑去，直到它觉得安全了，才慢下来变成小跑。当太阳升到最高点的时候，它就在阴凉的常青树下睡下了。

最近它心里产生了一种蠢蠢欲动的渴望。这不是它的故乡，也不是它出生的地方，它想念那些它的爪子从小就踩过的、熟悉的小路。它来这里是因为它害怕夏天时那疯狂的传染病，如果有什么好的理由，它可能还会来这里，但这里毕竟不是它真正的家；而且，那夏天时的狂犬病已经消失了，它可以回到它最喜欢的那片土地去了。

此外，它心里还产生了奇怪的冲动，心情迫切。一想到维克森到现在为止还只是它的一个玩伴和狩猎时的伙伴，它就异常地烦躁。夜幕降临，斯塔尔特意出发去找维克森，发现维克森正在灌木丛中打猎。

以前，斯塔尔总是在孤独的时候才去找维克森，但是现在，它又回到了维克森身边，它感到一种奇怪的满足感和充实感。斯塔尔长大了，更成熟了，虽然交配季节的月亮还没有到来，但今年它得找一个配偶。这是它第一次感觉到如此强烈的躁动，这将引导着重要的下一步。

它们慢慢地走回了克劳利农场上方的山丘上，这一路上它们有时会彼此分开，但从来没有隔得很远。斯塔尔看见了软脚狐狸留下的孤苦的伴侣，它在秋月的月光下露出了象牙色的獠牙。它经历过了一场绝望的挣扎。软脚狐狸离开后，它不得不为一窝五只幼崽提供食物和保护。现在小家伙们已经各走各的路了，它的负担也减轻了，但是关于软脚狐狸的回忆仍然让它处于痛苦之中，直到那记忆褪色，它才能准备好再次寻偶。现在它不希望有雄狐与它同行，甚至靠近它都不行。

斯塔尔没有试图接近它，但当它看到软脚狐狸的一个儿子的时候，斯塔尔追赶了它。那只狐狸是从戴德·马特森手里逃脱了的两个幼崽之一。斯塔尔是一只正在步入交配季节的雄性狐狸，任何其他雄性的同类都必然会构成威胁。然而，它并没有追得很远。如果它们明年再见面的话，可能会打上一架，但现在这只幼崽太小了，构不成真正的危险。

斯塔尔和维克森慢慢地朝着斯塔尔心爱的家的方向努力前行，饿的时候就打猎，累了就在原地找个地方休息睡觉，有时也

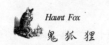

会往回走一点。一天晚上，一轮满月低挂在天空，似乎就在轮廓分明的山顶上翻滚。它们站在离山腰的洞穴几英尺的地方，那个狐狸窝就是斯塔尔出生的地方。

这是一个土坑，一个土拨鼠的老洞，由斯塔尔的爸爸和妈妈扩建。这个洞的第一个居住者，那只土拨鼠，选择了一个充分地利用了所有自然优势的地方作为自己的家。它正好位于一小片常青树的中心，低垂的树枝拂过地面。灌木丛正中有一块大石头，土拨鼠就在大石头下面挖出了自己的家。这是一个舒适的小窝，从来没有因为融雪、水或地面渗水而潮湿过，而且它隐蔽得非常好。

斯塔尔小跑着回到它的旧巢。那里一点儿关于曾经温暖充实生活的痕迹都没有了。在雨、雪和风的共同作用之下，这里所有的气味都被销毁了。树叶被风吹进了兽穴的入口处。斯塔尔闻了闻，走过去坐在维克森旁边。

明亮的月亮升得更高了，轻柔温和的月光洒满了山谷，在一些地方留下了深深的阴影，而在另一些地方，却亮如白昼。山脊上的树在月光的映衬下轮廓分明，轻轻摇曳着。打了霜的枯草在风中轻轻荡漾。

斯塔尔感到它体内有一股强大的生命力，它跳着优美的步伐绕着维克森转了一圈，然后停了下来。

另一只公狐狸从对面的山脊上发出悦耳的、洪亮的叫声。斯塔尔竖起了毛，而维克森站了起来，僵直地站着，急切地注意着那声音和传来那声音的山脊。它两眼放光，两颚张开，舌头微微耷拉着，等着听到那诱人的呼唤再次响起。

斯塔尔感到一阵无由来的狂怒。它转过身来，对它的同伴咆哮着，然后转身面对着传来另一只狐狸叫声的山脊。饥渴的求偶声再次滚滚响起，斯塔尔也再次怒吼。它把毛茸茸的尾巴卷在腿上，抬起细长的嘴对着天空，发出回应。它就这样昭告天下，告诉所有人它在这儿，它打算在这儿待下去。无论什么人，无论什么动物夺走了它的东西，它都必须为之战斗。

狐狸们没有料到，在山谷深处，还有别的耳朵可以听到夜狐的叫声。伊莱·卡特曼在回到位于谷口的家的路上，停下来拜访了克劳利一家，此刻正要告辞。杰克和杰夫跟着他走到外面的走廊上，桑德走到走廊的边缘，站在那里，它的细口鼻在微风中微微扬起。两个男人和一个男孩静静地站着，沉迷在一种感情中，这种感情产生于第一个男人和第一只猎犬第一次一起狩猎，自此一直为猎人们所着迷。桑德轻轻哀鸣，身体紧绷着。没有人说话，甚至没有人动一动，直到那挑衅的号叫声最后的回音消失在森林里。然后，伊莱·卡特曼转向杰夫·克劳利，脸上带着愉快的微笑。

"看来还是剩下了一些狐狸。"他说，他突然灵机一动，"我们去追一场狐狸吧！"

"好主意！"杰夫同意，"今天这月亮刚刚好！"

"我要把我的猎狗带来！"伊莱急切地说，"杰克，你带着桑德。我们去叫戴德·马特森带上他的两只猎狗，还有汤姆·帕克和乔治·塞德里克。我们应该打包一些像样的装备。明天晚上去怎么样？"

"没问题！"杰夫把一只大手放在杰克的肩上，"你觉得时间

合适吗, 小家伙?"

第二天晚上, 月亮升起的时候, 斯塔尔正在灌木丛中猎兔, 突然就被一只猎犬出乎意料的吠叫声吓了一跳。斯塔尔停了下来, 听出了那是桑德的声音。过了一会儿, 伊莱·卡特曼的猎犬也叫了起来, 声音和桑德的混在一起, 然后响起的是乔治·塞德里克的猎犬。当它们闻到气味时, 剩下的猎犬也加入了进来。有些狗偶尔叫几声, 但只有伊莱·卡特曼的猎狗和桑德在不停地叫。

斯塔尔紧张地跳跃着, 桑德的那次追逐是它记得最清楚的事情之一。它用舌头优雅地舔着肋骨, 转身嗅了嗅风中的气味。它急切地用后腿站了起来, 黑色的前爪搁在树桩上, 望着发出气喘吁吁声音的那群家伙的方向。一阵激动的情绪在它心中荡漾开来。

斯塔尔走了一小段路, 然后跑了三百码, 来到一座石山的山顶。它坐了下来, 尾巴蜷曲着绕在后爪上, 弓起了脖子, 回头望着那群吠叫的猎狗。过了一会儿, 它发现了它们在跟踪它。

斯塔尔飞快地跑开了, 现在它脑袋里空空如也, 毫无对策, 因为多姿多彩的生活的新鲜劲儿在它心里强烈地涌动着。它知道它可以跑过这群猎犬, 它想逃跑。斯塔尔听见它们的声音在月夜里渐渐消失了, 它们已经排成纵队, 后面跟着一些走得慢的狗。桑德和伊莱·卡特曼的猎犬走在前面领队, 不断发出叫声。

斯塔尔故意放慢脚步, 引诱猎犬继续前进。它慢慢地小跑着下了山脊, 来到一条小溪边, 涉水而下, 向上游走了五十码。它从进去的那一边又走了出来, 抖了抖身子, 跑回了山上。桑德和伊莱·卡特曼的猎犬来到小溪边, 四处寻找, 用了二十秒钟便找到了踪迹, 然后更加卖力地继续前进。

这两只强壮的猎犬现在已经远远领先于其他的猎犬了。在它们身后两百码处，有一只戴德·马特森的狗在追赶，剩下的六只狗中有四只仍在追赶。有一只根本没有闻到气味，另一只跑了一小段路，便懒洋洋地回到了篝火旁，人们在那里等着。

篝火旁，杰克·克劳利一手拿着一个烤三明治，一手拿着一杯甜苹果酒，站在他父亲的身旁，听着飘入夜空的猎犬美妙的叫声在空中盘旋，似乎一直萦绕在空气中，不会消散。远处，桑德低沉浑厚的咆哮声和伊莱·卡特曼的猎狗更为尖厉的叫声虽然很微弱，但听得见。很容易听出是哪几只狗在领头。当杰克重新回到火炉旁的座位上时，他的眼中闪过一抹非常骄傲的光。

没有人说话，因为说话会影响现在的气氛。连戴德·马特森都没有带枪，所有人都只是坐在这里，因为他们喜欢听猎犬奔跑的声音。

他们就这样待在一个遥远的山脊上，仍然觉得自己充满了青春的活力。而斯塔尔只是在戏耍猎犬，它不时地让自己的踪迹断开一下，这完全是为了迷惑猎犬。除了那两只领头的猎狗，它对其他的一切都不屑一顾，只有它们才是唯一能跟它来一场真正的比试的家伙。它们尽可能地接近猎物，在任何一个狐狸的足迹断开的地方，它们从来没有踌躇不前地犹豫超过一两分钟。

突然，斯塔尔以迅雷不及掩耳之势爬上了山脊，又跑进了另一边的山谷。它领着猎犬跑了这么远，以至于有近一个小时它们都听不到那些围坐在篝火周围的人的动静了。然后，它故意转身朝着那群等待着的人而去。这是夜晚，斯塔尔很清楚，人们在黑暗中是看不见它的。

斯塔尔经过离营火不到六百英尺的地方，旋转的烟雾刺痛了它的鼻孔，那味道对斯塔尔来说实在太难闻了，于是它跑到了山顶。它坐下来，耷拉着舌头，等着猎狗，前爪的肌肉紧张起来，随时准备着。

它在这次奔跑中加快了速度，现在猎狗已经远远地落在它后面了，但它们仍在继续前进，伊莱·卡特曼的狗在桑德身后五十码处狂奔。杰克·克劳利吹响了尖厉的哨声，接着桑德令人惊叹的咆哮声变成了一种音调起伏的尖叫。之后它又一次接一次地狂吠起来，但是当哨声再次响起时，它还是不情愿地回到了生营火的地方。

接着传来伊莱·卡特曼嘶哑的叫声，伊莱的猎狗也放弃了追逐，跑到主人那里去了。两只猎犬都坐在那里盯着月光，它俩都喜欢这场追逐，也都渴望再跑一段，但它们已经学会了听从主人的命令。其他的狗可没有桑德和伊莱的猎犬的这份心思，当它们被叫回来时，都高兴得停止了奔跑。

篝火边的那群人出来只是为了听一场猎狐故事，这样他们就已经很开心了。现在时间已经晚了，他们必须回家了。他们扑灭了火，分道扬镳了。

那些人走后，斯塔尔在原地等待了二十分钟。它一确定那些人已经走了，就昂首阔步地走到熄灭的火堆前，保持着安全距离，绕了一圈。夜晚，炉火的余烬发出难闻的气味，斯塔尔嗅着每个人留下的气味。到过这里的每个人的足迹它都曾经遇到过，它认识他们每一个人。但是他们现在都走了，于是斯塔尔走到泉水边喝水，然后在灌木丛中打猎。它没有费事去找维克森，而是在吃过东西后藏起来。

懒散的秋天一天天过去了。除了几棵结实的橡树和一丛丛矮山毛榉枯萎的褐色叶子会一直留在枝干上，直到春天到来以外，阔叶树的叶子都落光了，只有松树和铁杉还留着叶子。第一场雪缓缓地飘落到地上，对于许多春天和夏天出生的野生小动物来说，狩猎变得更加困难；但这与去年的寒冬相比，已经是天壤之别，雪没那么深了，猎物也更多了。

斯塔尔经常和维克森一起追逐，但偶尔也会独自玩耍、狩猎、睡觉。有许多年轻的狐狸自由自在地在荒野中快乐地奔跑，这是它们第一次经历寒冷的季节，也是大多数狐狸唯一一个还不用承担任何责任的季节。明年，那些幸存下来的狐狸将会有配偶和满满一窝幼崽。而后，那些熬过了夏日磨难的狐狸，已经足够大了，它们该繁衍后代了。据斯塔尔所知，有三对交配过的狐狸，当它侵入它们的狩猎范围时，它们总是追逐它。然而，斯塔尔也已经长得又大又壮了，逃跑是很容易的，到目前为止，它还没觉得有什么特别的理由要留下来和那些狐狸打一架。

这些天来，戴德·马特森经常带着他的狗在山里徘徊，有时还带着其他的山谷猎人。他们让年轻而没有经验的狐狸付出了沉重的代价，这些狐狸还没有学会如何在猎犬的面前逃脱或者如何躲避猎人，但是那些在经历了两三次之后就逃过一劫的狐狸很快就变得聪明起来。

有两次，有猎犬找到了斯塔尔的踪迹，但是它们都不是什么好品种，很快就被斯塔尔甩掉了。现在它不想和狗玩了，也没有时间在它们身上浪费了，因为在初秋时就已经躁动不安的渴望现

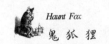

在越来越强烈了，越来越难以忍受了。

在冬天来临之前，它从没有想过要离开维克森，但是维克森似乎倒是很乐于避开它。很多时候它都不是在打猎了，而是在找维克森。

一个寒冷的夜晚，一轮新月照耀着原野，柔和地勾勒出万物的轮廓，它发现维克森在白雪覆盖的草地上捉老鼠。一丛丛结了冰的草头矗立在雪地上，维克森用鼻子在它们中间戳来戳去。维克森用后腿直立着，前爪直挺挺地扑下来，想用前爪夹住一只老鼠。

当斯塔尔走到它身边时，它完全没有注意到斯塔尔。斯塔尔坐在雪地上，尾巴笔直地跟在后面，低着头，耳朵向前竖起，眼睛盯着雌狐狸。它喉咙里发出恳求的呜咽声，但是维克森无视了它。

突然，斯塔尔竖起了毛。在草地的边缘，雪地上出现了一个黑影。

维克森转过身来，坐下来，严肃地眨着眼睛。草地上又来了一只雄狐狸，就是上个秋天冲着天空发出孤独哀嚎的那只。它趾高气扬地小跑着走进草地，径直朝维克森走去。

斯塔尔低吼着，向前滑去，挡在那只雄狐狸和维克森之间。而那只狐狸坐在雪地上，从喉咙里发出了一声警告的咆哮，然后，它们像接到事先安排好的信号一样走到了一起。

维克森安静地坐在一旁，它的舌头微微耷拉着，眼睛闪闪发光，它很清楚它们是为了得到自己而战的；而更重要的是，它很享受此刻的感觉。

斯塔尔向对手的一侧闪身猛冲过去，同时用它那细长的前腿一扑，一边躲闪一边砍向了对方的脖子。它们用后腿站立着，前爪互相拍打，试图抓住对方的要害。斯塔尔突然低下身子抓住了敌人的右后脚掌，紧接着它感到如刀般的牙齿穿透了自己腹部一侧的毛皮。

维克森静静地坐着，看着角斗士们相互推搡，假装对战斗的结果完全不感兴趣。但一个小时过去之后，当那个挑战者用三条腿跑回自己来时的森林时，维克森像一张小毛皮地毯一样躺在雪地上，获胜的斯塔尔站在维克森身边。维克森的后爪向后伸，前爪向前伸，而斯塔尔保护着它。

从此以后，只要斯塔尔还活着，它和维克森就永不分离。

第八章 被 俘

戴德·马特森既烦恼又生气。整个夏天，一直到秋天，他为了得到十美元的赏金而诱捕得了狂犬病的狐狸。而且，因为没有人愿意把每只死狐狸都带到实验室去化验，来确定它是否真的感染了狂犬病，所以戴德一直干得很顺利。但随着隆冬季节的到来，他空闲的时间到了，可不仅赏金撤回了，而且狐狸的数量也大大减少了。

只要天气保持暖和，戴德便仍然可以在河床上捕捉水貂、麝鼠和浣熊，收获也不错。但到了隆冬时节，溪流都冻住了，浣熊被关在洞里，麝鼠在冰下游泳。在寒冷的天气里，在溪流里捕猎是很困难的，而且常常使人泄气。

捕黄鼠狼可以得到一美元的赏金，但黄鼠狼的毛皮价值不大，单独为它们放一条捕鼠夹实在不划算。以前每逢隆冬时节，戴德总是靠猎狐谋利，而今年的赏金更是从两美元增加到了四美元。但今年的狐狸也少多了。他和他的猎犬一起在山里搜寻狐狸的踪迹，有一段时间他的运气还算不错；但是年幼的狐狸中比较蠢的那些很快就都死在了戴德或者其他带着猎狗一起打猎的猎人的枪下。

戴德憎恨其他猎人的出现。那些人都有自己的农场、工作或者其他谋生的途径。他们的生活有保证。在他看来，他们似乎不应该闯入森林，拿走不属于他们的东西。因为他是唯一一个以森林为生的人，所以他认为自己对获取森林里的一切都有最优先的权利，也有最强烈的需求。他无法由心底感受到那种自娱自乐的快乐，他无法从打猎和与栖息在森林中的动物斗智斗勇的过程中得到那种纯粹的喜悦。

最后，他想出了一个自认为非常了不起的计划。

每抓到一只狐狸都有赏金，但相关条例并没有规定这只狐狸的年龄；即使只有一小时大的幼崽，也能挣到四美元。戴德很清楚，那些在森林里奔跑的野生雌狐狸将在几周内产下幼崽。杀死其中一只，意味着只能得到一只狐狸的赏金，但是如果把他的计划付诸实施的话，戴德就能得到多上几倍的钱。

下一次杰夫·克劳利开着卡车进城时，戴德也搭上了他的车。他买了许多养家禽用网和一些栅栏钉，杰夫就在他住的三室小屋的房门前好心地帮他把东西都搬了下来。接下来的几天，戴德很忙。

他在森林里砍了几棵黑莓树，用大槌和楔子把树干劈开，以此获取了足够多的木材。地面冻得太硬了，在上面挖出一个可以放下柱子的洞这种念头想都不用想，于是，戴德把几根樱桃树枝钉在一起作为地基，把立柱固定在上面，然后把树枝横放在顶上，就这样他做出了一个宽十五英尺，长三十英尺的框架。他把家禽

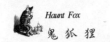

网展开，钉在框架上。

如法炮制，最后他完成了一个大笼子，笼子的其中一面有一扇小木门，这扇门上有个锁扣，关上的时候可以用一把U形锁扣锁上门。门关上的时候会有一个普普通通的铁螺栓落下，穿过U形锁，这样门就打不开了。

戴德小心翼翼地检查他的笼子，仔细察看每一处接头和每一根钉，在他认为需要的地方不断地加固。终于，他满意地建造出了一座狐狸逃不掉的监牢，接下来便开始了他精心设计的这场行动的第二步。

大多数狐狸都是非常聪明的动物，很少有其他动物能和它们所拥有的聪明才智相媲美，也没有任何动物能超过它们。没有人比戴德·马特森对此更清楚了。但戴德也知道，很少有狐狸能想到人类是如此狡猾、如此了解狐狸和它们的习性。

戴德就是太了解它们了，所以他现在非常小心地进行着手头的工作。他把他已经做好的猎狐用的捕兽夹扔进沸水里，加入了一些树皮和其他一些戴德能找到的香料。另外，他还把他在寒风中戴了一个星期的那双沉重的套猎①手套，以及旁边放着的靴子，还有一条三十英尺长的帆布带和他的背囊，都晾在外边散味；甚至就连他用来钉猎狐的捕兽夹的斧头也收拾干净，直到这些东西都几乎没有了气味。

当一切准备就绪，他就像外科医生做复杂的手术一样小心翼翼地继续工作。他走到外面，把双手塞进手套里，踢掉脚上的鹿

---

① 一种因地制宜、因兽而异的捕猎行为，灵活多样，不伤皮毛，发现猎物时多数能捕捉到活的。

皮鞋，用戴着手套的手穿上靴子。他十分小心，绝对不允许那些已经散过味的东西里有任何一样碰到他的手和大衣，因为这样又会染上人类的气味儿；他把捉狐狸用的捕兽夹都放在背囊的上边，用那条帆布带子在上面捆了好几圈，便出发了。

他知道狐狸喜欢沿着小路跑，他要做的第一步就是选择一条小路来设陷阱。戴德解开帆布带，走到他打算设置捕兽夹的地方，用斧子挖了一个洞，安装好了捕兽夹，把它固定在一个小树枝上，又用树枝盖了一层。然后，他又放了一根折断了的大树枝，摆放得如此自然，看上去好像是风把这根树枝吹到这里来的。这样一来，任何一只狐狸跑过这条小路，跳过树枝，就肯定会被戴德的捕兽夹抓住。

卷起帆布背在身后，戴德离开了。他很满意。他的陷阱里没有一丝气味，谁也看不出那里有捕兽夹。这是一套只有捕兽大师才能制作出来的陷阱，也只有他才知道自己在这里设下了什么。

戴德下一步要做的是在水里做一些手脚。他走到一条从一个小泉里流淌出来的未冻的小河旁，涉水而上。他用戴着手套的手从河道底部撬起一块石头，扔到泉水的中心，让它能够露出水面。在这块石头上面，他放了几滴他自己做的香油，这是他经过多年的实验自己一点点完善而制成的。这是一种用鱼油、海狸油脂或海狸的气味腺，以及戴德所知道的会诱惑狐狸的其他各种东西的混合物。接着，作为设陷的收尾工作，他把一块小石头放在泉水中的大石头和岸边中间，并且也让这块小石头部分露出水面。

狐狸并不讨厌水，但在如此寒冷的天气里，水接近零度，它们比任何非常理智的动物都更不愿意涉水而过。一只游荡的狐狸，

闻到了戴德留在泉水中央的石头上的诱饵的气味，便会想方设法去探个究竟。如此一来，它就可以把爪子放在一个小而方便的石头上借力，然后正好落在等待着它的陷阱里。

整整一天、两天，接连三天，戴德都在设陷阱。第四天，他出发去看他已经捕到了什么。

第一个陷阱，就是他在路上设下的捕兽夹，抓住了一只拼命挣扎的小狐狸。戴德毫不客气地用棍子敲昏了它的头，之后重新装上捕兽夹，然后走到两百码开外去剥了这只猎物的皮，把那瘦巴巴的被剥光了皮的尸体扔在一边。这可便宜了那些吃腐肉的家伙。

接下来的三个陷阱都没有动过，但之后的一个捕兽夹抓住了一个苗条的小雌狐狸，它蹲在地上一动不动，希望能逃脱折磨它的人的注意。戴德高兴得两眼放光，他真正想要的正是雌狐狸。

他把一根绳子套在它的脖子上，一只脚踩着夹子把它拽直，然后用手顺着绳子往下拽，直到能抓住它的脖子。戴德把它的脚绑起来，用粗绳勒住它的嘴，把它扔进背包里。

那天他又抓了两只雌狐狸，都是活捉的。他把三只狐狸都装在背包里，把它们带回木屋，解开捆绑着它们的绳子，把它们放进笼子里。这就是他的计划。他会尽其所能地捕捉更多的雌狐狸，用鹿肉喂养它们，而这些鹿肉是他不花一分钱就能在森林里得到的，接着他会等着它们的幼崽出生。然后，他会用小狐狸去领取像母狐狸一样的赏金，只要一只狐狸活得足够长，他就能多拿到五到九倍的赏金。

戴德知道他可能会遇到麻烦，即使是几代都被关在笼子里的狐狸，也不希望在孩子出生的时候附近有人类。但戴德认为他可以应付任何可能出现的困难。

随着季节的推移，戴德在天亮前两小时便会离开他的小屋，直到天黑后才回来。他的计划成功了。二十六只狐狸的皮毛挂在他的干燥室里，其中大多是上个春天出生的幼崽，但其中也有几只大一点的公狐狸。二十一只雌狐狸即将生下幼崽，它们在笼子里害怕得爬来爬去，夜里会为了争夺戴德给它们吃的鹿肉而吵得不可开交。

很快，戴德便意识到，他不能再使用他的陷阱，他必须待在家里看好他的这些女囚们。这里面的每一只母狐狸都可以得到二十到四十美元的赏金，所以戴德觉得这值得他留下来好生照看。他给自己又留出了一天的捕猎时间。

在一片荒凉的灌木丛里，戴德布下了陷阱，在他看来，这片灌木丛是一个很好的盲区。就在那一天，其中的一个陷阱抓住了斯塔尔的配偶。

这是一个险恶的陷阱，设置在一条小路上，小路通向维克森最喜欢的一片满是兔子的灌木丛。这是一条孤独的、斗折蛇行的小路，只有狐狸、兔子、鹿和其他野生动物才会走这条路。它曲折蜿蜒地穿过铁杉灌木丛，经过滚落的巨石，和几丛月桂纠缠不清，这不是一条人们通常会选择的道路。几乎没有人知道这条路。戴德·马特森知道了，他走在小径上时非常小心，甚至连经常出没其中的野生动物们都没有发现他去过那里。

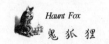

傍晚时分，斯塔尔和维克森从它们睡觉的灌木丛中爬了出来，在小路上漫步。一开始斯塔尔小跑在它的伴侣前面，但是，当夜风把栖息的火鸡的气味吹到它的鼻孔时，它停了下来，抬起一只前爪站着，试图确定火鸡的确切位置。这时，维克森不耐烦地从它身边擦过，向前跑去。它以前尝试过捉火鸡，但是失败了，因此对火鸡没什么兴趣。

维克森跃过一根看起来像是从一棵半死的树上掉下来的多节树枝，纤细的前爪正好伸进了一个等待着的陷阱里。夜幕中，发出一声金属的咔嚓脆响，捕兽夹随着维克森从它的藏身处跳了出来，牢牢地夹在它的左前爪上。它立即做出反应，试图跳出去。

夹住维克森的捕兽夹上连着一根三英尺长的铁链，猛地拉住了它，接着它头朝下摔到正对着的地面上。突然绷紧的铁链恰巧碰到了第二个捕兽夹的机关，第二个捕兽夹也发出了"啪"的一声脆响。但第二个捕兽夹夹住的只是第一个的链子。维克森再次狂奔着跳到另一边，它的肩膀被痛苦地拉扯着。它又一次掉头，被吓得停了下来。

一开始的盲目恐惧过去之后，维克森趴在雪地上，让紧绷着的陷阱链松弛下来。它严谨地研究着陷阱，然后抬起头去碰了碰斯塔尔的鼻子，斯塔尔已经走到它旁边，正忧心忡忡地站在一旁。斯塔尔在雪地上舒展着身子，面对着它，它们都注视着这个捕兽夹。它们都明白这是一件危险而致命的事。斯塔尔用鼻子碰了碰陷阱，什么也没发生，于是它仔细检查了一下。它轻轻地舔了舔维克森被夹住的爪子。

维克森站起来，用三条腿一瘸一拐地、小心翼翼地走着，抬起那只被捕兽夹夹着的第四只爪子。但这是无济于事的；无论它走到哪里，捕兽夹都跟着它，当它走到把链子拉到最直的距离的时候，捕兽夹就会把它拦住。它不再紧张地跳跃，因为它已经明白了这样做只会带来更多的痛苦，并不能帮助它解脱。它又趴下来研究这个捕兽夹。

与此同时，斯塔尔的耳朵向前竖起，神色凝重地看着它，它正试图用牙齿把它割断。它的尖牙在寂静的夜晚发出一种尖厉的摩擦声，捕兽夹被咬得伤痕累累，布满银色的条纹，但却没有一点松下来的样子。显然，牙齿是咬不断它的。

斯塔尔用牙齿咬住链子，但当它按住维克森的爪子时，维克森呜咽起来。斯塔尔扔下链子，又研究了一会儿，接着用前爪在雪地上挖了一条沟。它用鼻子把捕兽夹的链子推到沟里，又在上面敷了一层雪。然后，它走到离小路几英尺的地方，叫维克森也过来。维克森过来了，与此同时捕兽夹和链子也跟着它一起移动，把链子从雪里拖了出来。当它把链子拉直到了极限的时候，维克森痛苦地呻吟着，又坐了下来。

斯塔尔爬过去安慰它，和它肩并肩趴了一会儿，忧心忡忡地看着陷阱。每当微风吹拂，或者有别的动物移动，或是夜莺的翅膀沙沙作响的时候，斯塔尔就会站起来准备战斗。尽管斯塔尔无法在维克森的厄运降临的时候帮助它，但它愿意并且已经准备好了在敌人来到时保护它。但没有谁来。

黎明在散落着一片片云层的天空中缓缓升起，云层预示着大雪将至。不久，便开始下雪了，最初只是几片雪花悄悄地飘落下

来，然后越来越多。

斯塔尔焦急地来回走动。它的肚子饥肠辘辘，从前一天开始它就什么也没吃。但他不忍让维克森被困在这里，自己单独出去捕猎。维克森趴在积雪上，一动也不动，因为一动就疼。它试过了所有它知道的方法来对付这个陷阱，但都没有奏效。

狂风从山谷中吹来，把许多东西的气味都吹来了。斯塔尔往后一缩，深深地吸了一口，一种气味在其他气味中显得尤为明显，那气味强烈地扑鼻而来——是戴德·马特森，正沿着小路朝这边走来。

维克森也闻到了他的气味，于是便伏在雪地上，把自己的身子展平，前腿伸直，也蹬直了后腿。它把头紧贴在小路上，一动不动地躺着，它最害怕的就是那个男人的气味。随着戴德越走越近，他的气味更浓烈了。

直到戴德快走到它们面前时，斯塔尔才悄悄溜走，然后它走进了只有几码远的灌木丛中。它紧张，警觉，同时也害怕。荒野中任何一个靠近过来的敌人都能发现有它在雌狐狸的身边，为它而战，但唯独这个敌人，它不敢面对。它蹲下身子，不让人看见，相信它那了不起的鼻子和敏锐的耳朵能告诉它维克森接下来的命运。

它听到了戴德的橡胶底厚垫鞋嘎吱嘎吱地踩着薄薄的积雪上的声音，而维克森的味道温暖地扑面而来。接着，狐狸和人的气味混合在了一起。斯塔尔的伴侣没有咆哮或是低吼，但是斯塔尔心里很清楚，它仍然平平地趴在雪地上，目不转睛地看着戴德。当戴德用一根绳子绕在维克森脖子上时，它才挣扎起来，但它也没能努力挣扎几下。紧绷的绳子死死扼住了它的喉咙，当戴德把它拽直了的时候，捕兽夹狠狠地刺痛了它的爪子。它感觉到他的手掐在它的脖子上，然后用绳子绑住它的嘴和爪子。

战利品已经安全到手了，戴德环顾四周，当他发现了新雪上的足迹时，嘴角掠过一丝狼一样的笑容。直到现在，他还不确定那只出了名的神出鬼没的狐狸是活着，还是没能扛住狂犬病，已经死了。但是在陷阱周围到处都是那斯塔尔独有的爪子印，戴德知道它一定是在最后一刻不情愿地离开了被困住了的伴侣。即使已经过去了一会儿，它也应该还没跑远；但找它也是白费力气。那只神出鬼没的狐狸太聪明了，根本不会现身。

戴德随手把维克森扔进他的背包里，捡起他的捕兽夹，开始沿着小路往回走。

斯塔尔想了想，觉得跟着他们是安全的，于是连忙悄悄紧随其后。它没有直接站在戴德的身后，而是紧贴着一侧的灌木丛走，让风把戴德和被俘的维克森的一举一动都带给它。戴德从灌木丛里出来，走进一片生长着参天大树的森林，斯塔尔走得更小心翼翼了。在浓密的灌木丛中，它可以像幽灵一样悄无声息地溜走，但在这里的树林中，要完全隐藏起来就困难得多。虽然巨大的枝干和嫩枝密密麻麻地交织在一起，把整个森林都铺满了，但树干之间却有很大的空隙。在以雪为背景的情况下，斯塔尔很清楚，当它从一个树干滑到另一个树干的时候，戴德可以清楚地发现它。

树木并没有延续到戴德的小屋所在的空地，那里只有几根木条，斯塔尔只好停了下来。它在静静纷飞的雪地中不安地来回踱

步，直到它发现有一股风直直吹向戴德的家。然后它便在一棵大树下坐下来，继续用鼻子嗅着风，风会告诉它正在发生的事。

风几乎把所有人类所栖息的建筑中通常存在的味道都吹了出来，吹进了斯塔尔的鼻子里，有木头烧出的烟味，煮过的食物的味道，垃圾的味道。斯塔尔能闻出来戴德的两只猎犬在哪里，它们被用链子锁在犬舍里面，它还闻出了那些母狐狸们不安、焦虑、紧张的气味。那些气味混合着维克森的气味，而戴德的气味是从小木屋里飘出来的。

回到山谷的尽头，一只声音低沉的猎犬狂吠着，宣告着它发现了一条新的狐狸的足迹。斯塔尔听出了那是桑德的声音，但它并不担心。虽然它很清楚无论它走到哪里都会留下脚印，但它就在不久前它刚走过现在桑德正发出叫声的地方。那只黑褐色的大猎狗一定是在追踪另一只狐狸。

斯塔尔虽然饿了，但它既烦躁又焦虑，无心去打猎。它一整天都在关着维克森和那些雌狐狸的围栏旁边打转，大胆地保持着尽可能近的距离。夜幕降临时，它胆子更大了，谨小慎微地朝笼子跑去。

进入了戴德家的那小片空地时，斯塔尔又停了下来。被链子拴着的猎狗们对它不闻不问。虽然它们是猎狗，但笼子里的狐狸太多了，它们已经习惯了，对狐狸也有点厌烦了。斯塔尔闻到了戴德·马特森的味道，他正在小屋里沉睡着，于是它便急忙掉头走向另一边。

它用长着软垫的爪子走路，一点声音也没有，但当它用尖尖的鼻子顶着笼子上结实的铁丝时，维克森就在那里等着它。其

102

余被困的狐狸都躲在后面，对一切都心存疑虑，包括同一物种的雄性。

斯塔尔举起一只黑色的爪子去推铁丝。它戳了戳那根铁丝又拉了拉，一松开，那根铁丝就又重新弹回原处。维克森沮丧地趴下来，看着它的伴侣，但是当它开始在笼子外面走动时，维克森便起身在里面跟着它。

斯塔尔仔细观察着笼子的每一寸，寻找一个可以让维克森逃走的突破口或者薄弱点，但根本没有。戴德·马特森知道怎样才能关住这些狐狸，于是建造了一个这样的牢笼。斯塔尔慢慢地、耐心地绕着笼子转了十几圈。然后，它意识到，无论把哪个地方破坏掉或者让维克森从地面上的任何地方出来都是毫无希望的，于是只好把注意力转移到别的地方。

这个笼子有四英尺高，支撑柱的顶部是由足够长的黑色樱桃木杆拼接成。为了防止狐狸跳出笼子，笼子的顶部也罩着家禽网。

斯塔尔又绕着笼子小跑了一圈，但现在它是在抬着头，想找个办法跳到笼子顶上。那扇门是借力爬上去的不二之选，只需优雅地一跃便可以跳上去。斯塔尔清理了地面上的足迹。它用前爪保持平衡，后腿一蹬门，便爬上了横梁，抓着一根横木支撑着自己。当它试图从笼子顶部走过去时，它的重量让网被压得塌了下来，让它心生恐惧。

当黎明的第一缕曙光划破夜空时，斯塔尔不情愿地离开了维克森，小跑着回到了森林里。一个小时后，戴德·马特森在新下的雪中看出了它这次"拜访"的一切所作所为。

戴德原以为雄狐狸会来寻找被困的配偶，但到目前为止还没

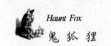

有。可那只神出鬼没的狐狸如今来了。戴德咧嘴一笑。无论是谁能把这只神出鬼没的狐狸的毛皮扒下来挂在拉伸板上，都有足够的理由炫耀一番。斯塔尔应该还会再回来的，戴德做好了迎接它的准备。

那天晚上他没有上床睡觉，而是坐在一扇半开的窗户前，面朝笼子。他手里拿着一支单管十号口径的猎枪，枪口从窗口伸了出去，枪膛里上了一颗二号子弹。瘦削的月亮如镰刀高高举起，微弱的光照亮了树梢和其他万物，却在地面上投下了一片片阴影。守夜半小时后，戴德看到了斯塔尔。

它又绕着笼子转了一圈。戴德紧张起来，手指放在猎枪的扳机上做好了准备。月光斜照在笼子上，照亮了朝向房子的那一面，就是有门的那一面，但其他的一切都是黑暗的。斯塔尔在笼子周围走动，很难看到，而戴德想在开枪前确定一下。他想得到那只神出鬼没的狐狸，但只有一枪的机会，他不想失手。

斯塔尔从笼子的一头走来，走进了月光里，戴德几乎屏息静气。只要他想，这只神出鬼没的狐狸随时都能成为他的战利品，但戴德没有开枪。因为在笼子里，维克森尽可能地贴近斯塔尔，而戴德现在还不想杀了它。他等待着斯塔尔离维克森远一点。

突然，戴德意识到斯塔尔要跳到笼子的顶上去。那只狐狸在大门的暗影里几乎看不见，但就算戴德看不清楚它，也知道它在干什么。它正在测量到笼子顶部的距离，拉紧肌肉，准备再一次跳跃。戴德慢慢地移动猎枪，把它的枪口举起来一点，与大门连成一线。当斯塔尔离开地面时，戴德便可以开枪，在不伤害到其他狐狸的前提下射杀它。他看见一个影子跳起，便按下了扳机。

枪口喷出火焰，很快他就听到枪弹撕裂木头的声音。戴德连忙在口袋里寻找第二颗子弹。

他所看到的影子，正是被那月光照耀出的变幻莫测的影子。虽然戴德非常缓慢而小心地移动着他的猎枪，但斯塔尔还是捕捉到了声音。它没有跳起来，而是等着想看看是什么东西发出的动静，是从哪里发出来的。戴德这一枪正好打在了锁着铁栏门的铁栓上，被铁闩弹了起来，射入木头之中。门打开了，月光下，立马有许多道身影闪身而出。

戴德还没来得及重装子弹，笼子里就空了。

第九章 窝 巢

　　斯塔尔紧紧跟在维克森后面，催促着它赶紧跑进森林里去。另外两只重获自由的狐狸跟着它们一起跑了一小段路，然后转身朝着各自选择的方向跑去了，留下斯塔尔和维克森独自踏上征途。

　　雪夜的空气中升起戴德的两只猎犬的叫声。戴德解开了它们的绳索，放它们去打猎，因为不知道除此之外他还能做些什么，只是希望至少能抓回来一只从他这里逃跑的囚徒。对此斯塔尔毫不在意，因为它根本不害怕戴德的猎犬们。另外，那两只猎犬也都分别开始追捕上了另外的狐狸，它们的声音随着距离的拉远逐渐消失，于是斯塔尔放慢速度，轻松地小跑起来。

　　当维克森感觉到斯塔尔放慢了速度的时候，它也停了下来。它十分紧张，神经紧绷着，心理上对自己在笼子里的经历感到心烦意乱，但其实除了那只被夹子夹住的爪子外，并没有什么更糟糕的。维克森等着斯塔尔跑到它身边，它们嗅了嗅鼻子。接着，斯塔尔用它温暖的舌头轻柔地舔了舔它的脸颊。当它们再次启程的时候，斯塔尔走在前面。

一阵柔和的南风刮了起来，新下的雪——这一季的最后一场雪——在它们的脚下变成了雪泥。曾经被冰封的小溪现在有水从冰上渗出；在更隐蔽的地方，柳芽沉甸甸的，只需要温暖的几天，就可以长出像猫咪爪子一般毛茸茸的柳絮。

小径上的陷阱给了斯塔尔一个教训，直到维克森被抓住为止，它和自己的配偶都不曾察觉到过它的存在。当维克森走到另一条细细的小路时，一般情况下，它会一如往常地走过去，但这次它却跳了过去，维克森也跟着跳了过去。斯塔尔对它在丛林中的直觉有着绝对的自信，维克森也在每次行动前都等着它做出决定。它一刻都不想离开斯塔尔的身边。在一个小时的时间里，它跳跃或是躲在树林或灌木丛中，斯塔尔带着它直直地远离戴德·马特森。然后，当斯塔尔准备跳过另一条小路时，它闻到了陷阱的味道。

这个不是戴德·马特森设下的，而是伊莱·卡特曼为了保护他的兔子而设下的。这个陷阱设得潦草，而且没有经过适当的除臭处理。即使是一只鼻子迟钝的狐狸，也能明显闻到伊莱身上的气味和陷阱的味道。对拥有敏锐感官的斯塔尔来说，陷阱的位置再明显不过了。

斯塔尔慢慢地朝陷阱走去，它清楚地知道每走一步应该把爪子放在哪里。在离陷阱四英尺远的地方，斯塔尔用鼻子打量了一下那个陷阱，它一闻到陷阱上的诱饵味道就流口水。那是一种诱人的气味，在一般情况下，斯塔尔会对它进行一番详尽的调查。但是人类的迹象，还有维克森曾经被困住的陷阱，都竖起了一面无形且坚固的墙，让它越不过。

斯塔尔慢慢地、小心翼翼地绕着捕兽夹转了一圈，每一步都异常小心，以便从各个可能的角度观察它。最后，斯塔尔心中突然腾起一股怒气，它便转过身，用它的后爪刮起雪和泥土，覆在捕兽夹上。就这样，捕兽夹拱了起来，当捕兽夹弹起来的时候，发出了金属般的脆响，吓了斯塔尔一跳。

任何事都没有发生，于是斯塔尔回头看着陷阱。由于弹簧的迅速闭合，捕兽夹弹起来又落下，躺在雪地上，链条无力地垂在旁边。斯塔尔没有走近，只是伸着脖子谨慎地闻了闻。

由此，它学会了更多生存的知识。捕兽夹是危险的，但是只有离得非常近的时候才是极其危险的。这些捕兽夹不可能攻击到很远的地方，而且当有东西落在上面的时候，捕兽夹就会暴露出来。斯塔尔记住了捕兽夹散发出来的诱饵的气味，它会一直记得这个味道。这是一种令人着迷的味道，但它只会将它们引向灭亡。所以，在斯塔尔的意识里，这味道变成了一个危险的信号。

它们在灌木丛中停下来打猎，抓到了兔子，这是自从维克森被困住以来斯塔尔享受到的第一餐。一般来讲，它吃完一顿饱餐就会趴下睡了，但是这次它没有，因为它还是在担心。它早就知道，狡诈和速度比力量对它更有好处，但它的内心中的声音却一直在呼喊着，让它再离戴德·马特森远一点。

夜晚变得寒冷了，脚下柔软的雪冻了起来。斯塔尔领着维克森来到一条解冻的小溪边，它本想涉水而过的，但它迟疑了，因为实在是太冷了。取而代之的，它找了一个布满卵石的斜坡，和同伴一起，爬上那些巨石，从一块跳到另一块。融化的雪使巨石的顶部光秃秃的，狐狸也没有留下任何明显的踪迹。

天一亮，它们就在一座小山的山顶上的灌木丛中休息。斯塔尔谨慎地寻找了一个栖息的地方，维克森睡得酣畅，而当风从后面的小路吹到了它们的床上时，斯塔尔醒了；不过那一天没有任何能够威胁到它们的事情发生，到了晚上，它们便又出去打猎了。

因为斯塔尔没有反侦察意识，所以它不知道戴德·马特森已经开始追踪它的足迹了。天亮前两小时，他的猎犬回来了，当戴德出去时，它们正躺在门边。他气得发狂，因为他失去了所有已经唾手可得的狐狸，于是他所有的怒气都指向了斯塔尔的身上。要不是那只神出鬼没的狐狸来了的话，那些雌狐狸绝对不可能逃脱。

在雪地上众多的狐狸足迹中，戴德最终还是找到了斯塔尔和维克森留下的足迹。戴德用皮绳牵着他的猎狗在雪地里追踪着斯塔尔和维克森，但就在斯塔尔领着同伴走过的乱石那里，戴德把它们给跟丢了。戴德催着他的猎犬把斯塔尔的去向给找出来，但是它们拒绝了。这一整个晚上的大多数时间它们都在四处奔波，现在唯一能够吸引它们的就是一条完全新奇的路。

戴德明白自己已经失去了猎物，于是带着猎犬们回到了木屋。戴德把狗拴在狗窝里，开始做他的捕狐器。现在这个问题上升到了人格层面，这是戴德此生第一次如此想要抓到一只动物，而且不是为了钱。他发誓，如果他这辈子再也不做别的事，他就一定会要让斯塔尔的皮出现在他的拉伸板上。

戴德把猎犬留在家里，又去设下了一连串更多的捕兽夹。如今他只想抓到那一只狐狸。

在遥远的山中，维克森隐藏在最深最密的灌木丛中，拒绝任何的引诱，因为它在这样的地方很满足，斯塔尔也满足于待在它身边。这里的猎物丰富，而且有很多庇护，天敌们找不到它们。

最后一场雪融化了，羽毛般的蓓蕾舒展开来，维克森变得暴躁易怒。有一次，它甚至走到斯塔尔跟前，从它嘴里抢了一只它抓住的兔子。维克森变成了一个完全不同的，捉摸不定的伴侣，一个斯塔尔从来没有见识过的伴侣，它现在甚至有点害怕维克森，于是斯塔尔放任它走自己的路。

维克森对陌生的新地方也很感兴趣，它每次经过土拨鼠的老巢、裂缝，甚至是空心的树桩，都会停下来仔细察看一番。当斯塔尔也想看一眼的时候，维克森则会抬起嘴唇，咬牙切齿地转向它。虽然斯塔尔不知道，但其实维克森是在寻找一个可以久居的巢穴。

它们一起穿过群山，在早春的一个夜晚，空气中弥漫着新鲜的味道，是那些正苗壮成长的生命散发出的芳香，它们来到了巨石之间，来到了裂缝里，很久以前，斯塔尔曾在这里等待着冬天第一场暴风雪的结束。那块倾斜的石头还在原地，挡住了裂缝的入口。

那只豪猪不见了。在离那块倾斜的石头三百码远的地方，那只爱发牢骚的老家伙笨拙地挂在一棵桦树的树杈上，让春天的温暖驱走寒冬给它那衰老的关节所带来的疼痛。豪猪只有在冬天的时候才会想躲起来。其余时间无论春夏，无论刮风下雨还是艳阳高照，它都会在树上待一整天。

　　维克森从倾斜的石头后面溜进了裂缝。这时，斯塔尔敏锐地意识到，维克森检查兽穴的时候，不希望它跟在身边。于是它就在外边等着，尾巴蜷曲在后爪周围，前脚紧张地挪动着。维克森又出来了，站在那儿，又一次环顾四周，然后又缩回到裂缝里。

　　又过了一个钟头，它才回到斯塔尔身边来，全身上下带着一种莫名的紧张和焦虑。离那块倾斜的石头四十英尺远的地方，维克森固执地坐了下来，回头看了看。当维克森终于同意去捕猎时，它只走了一小段路。斯塔尔小声哀嚎，用恳求的态度哄着它。维克森知道有更好的狩猎场，但它却一个也不想去。维克森似乎对打猎一点儿兴趣也没有，当一只老鼠在它身边沙沙作响时，它甚至连头都没转一下。

　　斯塔尔用后腿直立，向前一扑，用两只前爪按住老鼠，然后用细长的口鼻在和老鼠一起被它按在爪下的枯草和树枝中探了探。接着，便用牙齿叼住了那只小家伙，望着维克森，投去询问的目光。维克森低吼着，于是斯塔尔连忙吃掉了它的猎物。

　　半个小时后，当斯塔尔一跃而起把一只被吓得呜呜叫的松鸡从一根较低的树枝上抓下来的时候，维克森毫不犹豫地走过去，把松鸡从它嘴里抢了过来，然后跑回了悬崖边。它蹲下身子，用前爪按住松鸡，拔光了松鸡的毛，吃了起来。当斯塔尔一走近它身边，它就会露出尖牙，发出凶狠的咆哮，把它赶回去。随后，维克森从倾斜的岩石后面溜进了峡谷间的裂缝里，再也没有出来。

　　斯塔尔在外边等着，既困惑又心烦意乱。当风吹过它的皮毛时，它蜷成一团，脑袋搭在爪子上，但是它并没有就这样入睡，它配偶的行为实在太令人困惑了。它终于等得不耐烦了，就走到

那块倾斜的岩石后面，结果迎面而来的只有维克森的一阵怒火。维克森身上的每一根毛发都竖立着，它用锋利的牙齿扑向它的配偶。斯塔尔被吓得狼狈地退了几步，只好独自打猎去了。

清晨，天色灰蒙蒙的，斯塔尔轻手轻脚地回到了裂缝。维克森是它的伴侣，尽管它最近态度粗暴，但斯塔尔是不会离开它的，它甚至连想都没有想过。它在离那块倾斜的石头有一段安全距离的地方停了下来，坐了下来。什么也没发生，于是它小心翼翼地向裂缝处爬去。

维克森就侧身躺在里面，斯塔尔的三个儿子和两个女儿盲目地在它身边爬来爬去，用柔软的小嘴寻找着它所提供的乳汁。斯塔尔注意到维克森发出了一声警告的低吼，于是它不再试图进去，而是退到离倾斜的岩石大约二十英尺远的一簇月桂树旁。它蜷曲在月桂树下，头靠在侧腹上，毛茸茸的尾巴遮住了鼻子和爪子。

它睡了大概一个小时左右，因为维克森不能自己去狩猎了，所以斯塔尔必须替它找些吃的回来。它溜开了，埋伏在它所知道的松鸡觅食时会出没的地方，逮住了一只。

它把松鸡带回给维克森时，闻到了戴德·马特森的气味，吓得毛发直立。戴德是它的死敌，而维克森在裂缝里是那么无助。斯塔尔停了下来，不知道该怎么办。接着它赶紧跑回了裂缝，发现戴德还没有去过那里，便把松鸡留给了维克森。接着它马不停蹄地出发去寻找戴德究竟在哪里，在做些什么。

斯塔尔发现那猎人的气味横穿了整整两条小路，便慢慢地跟着这气味前进。它没有走在戴德的原路上，而是小心翼翼地走在小路的一边，每走一步都谨慎小心，清楚地知道自己的爪子应该落在哪里。戴德边走边在身后留下捕兽夹，而斯塔尔已经在这些捕兽夹上得到了残酷的教训。

直到它发现了一条线索，它才发现了第一个捕兽夹。巧妙的设置，即使是一只聪明至极的狐狸，如果没有特意留心这样的东西的话，也可能会踏进它。斯塔尔停下来观察。它预料到有一个捕兽夹，那是在一片刚被打乱的草地，提示着它注意它的存在。戴德用斧头的刀刃挖了一个洞，小心地把捕兽夹放进去，但他没能把周围的青草换掉，让它们看起来完整如初。

斯塔尔研究了一下，很快就确定了捕兽夹的具体位置。小路上有一根再常见不过的木棍，它的样子就像被风吹来的一样，但它周围一点儿人类的气味都闻不到。戴德的踪迹在离陷阱不到三十英尺的地方突然断了。斯塔尔绕了一圈，在这条路三十英尺外又发现了戴德的踪迹。本来这六十英尺的空白区并不会引起它的注意，但它还是回到了捕兽夹那里。

它静静地坐了一会儿，然后背朝着捕兽夹，用后爪拼命地刨土。泥土和石子雨点般地落在捕兽夹上。随后斯塔尔听到了它期待已久的金属撞击声，它转过身去看了看，现在那个弹簧捕兽夹完全暴露在小路上了。

斯塔尔半张着嘴，露出舌头，眼里闪着恶作剧的光芒，它小跑着回到灌木丛中，又追踪起戴德的去向。它又发现了另外一个捕兽夹。当斯塔尔处理它发现的第二个捕兽夹的时候，戴德就回到了山谷中，而斯塔尔沿着小路把狩猎范围里所有的捕兽夹都处理干净，然后才心满意足地回到了维克森那里。

斯塔尔不会知道，戴德对复仇的渴望一如既往地强烈，甚至

更甚于前，就连当他平时出门采药用植物时也会带上几个捕兽夹，把它们放在一切他认为可能会有所收获的地方。这是一场无计划的、盲目的搜寻，在没有雪来帮助他的前提下，戴德完全无从得知斯塔尔和维克森住在哪里。

但是，等到下一次戴德查看那些被破坏了的捕兽夹的时候，他有理由相信他又找到了那只神出鬼没的狐狸。不过不要忘了，当斯塔尔跳过那些装着弹簧的捕兽夹的时候，地面上还残留有积雪，那上面清楚地留下了斯塔尔的足迹。不过其他的狐狸也不会这样跳过这些捕兽夹，它们大多数都还没有学会面对这种情况的技巧。因此，只要有机会，戴德就会进入斯塔尔的狩猎范围。他没有再设置任何一个捕兽夹，因为他不希望斯塔尔再发现那些陷阱又一一破坏掉。他现在的目的是找到斯塔尔的巢穴和幼崽。

偶尔，斯塔尔会碰到戴德的踪迹，便跟上去。它已经学会了怎样找到那些陷阱，但它没有发现更多的捕兽夹，也不再特别注意这个人。到目前为止，戴德还没有再靠近那个巢穴。

斯塔尔的狩猎范围很明确，倒也没有按特殊的地形来划分，也没和其他狐狸的狩猎范围有交叉。到目前为止，它们都收获颇丰，没有理由闯入对方的领地。如果有别的狐狸在它们自己的地盘上进行狩猎，它们会毫不犹豫地进行干涉，同样的，如果它们闯入了别的狐狸的地盘上捕猎，被发现了的话也不得不打上一架。

而那些徘徊在森林里的家伙，来去自由，想去哪里就去哪里。一只带着三只幼崽的黑熊穿过斯塔尔的领地，斯塔尔就一直跟在它们后边，一直跟到它们离开。它知道每只黄鼠狼、貂和食鱼貂藏在哪里。它们大多数都不会待在这附近，而是藏在丛林深处，但是有时候会有很多黄鼠狼在裂缝地附近打转。无论什么时候，只要那些黄鼠狼一出现，斯塔尔就发起猛烈的进攻，虽然它一只黄鼠狼也没逮到，但它成功地把黄鼠狼赶出了它们的洞穴。每当它发现附近有黄鼠狼时，就不去太远的地方打猎，直到把黄鼠狼赶走才满意。黄鼠狼是嗜血的小杀手，能轻易地割断幼狐的喉咙。

除了黄鼠狼以外，还有另外一个敌人，一个和戴德·马特森一样危险、一样可恨的宿敌，斯塔尔已经好几个月没见过它了。就是斯图布，那只乖戾的野猫，夏天狂犬病肆虐时，它也去了分水岭的另一边。在那里，斯图布猎物颇丰，于是整个季节都留在那里。现在，由于它的大肆掠夺，那里的猎物没有那么多了，打猎没有那么容易了，斯图布又回到了斯塔尔所在的这半边山。

一个晴朗的夜晚，斯塔尔外出为维克森寻找食物时，发现了斯图布新鲜的足迹。它怒火中烧，浑身僵硬，对这个杀害它兄弟的仇人的所有憎恨又通通涌上心头。斯塔尔以最快的速度沿着小路飞奔，它的心脏跳得很快。斯图布正径直走向断崖，维克森和它的幼崽们就在那里。

斯塔尔在还有二十码远的地方就听到了维克森此起彼伏的咆哮声。斯塔尔猛地一跃而起，好能看见那块倾斜的岩石，在朦胧的月光下，它看见了斯图布。野猫短尾竖立，紧张地对峙着。维克森站在它和裂缝之间，它苗条的身体挺得笔直，露出白森森的獠牙，随时准备为了保护自己的孩子不受到伤害而献出自己的生命。斯塔尔立即冲了上去。

它从后面冲了过去，因为斯图布完全毫无防备，所以斯塔尔在斯图布转身之前狠狠咬了两口。那只野猫跳到一块小岩石上，

怒不可遏，向斯塔尔扑去。它前爪张开，龇着牙咆哮，试图把狐狸堵在路上。但斯塔尔比斯图布更敏捷，而且更聪明，它知道，如果野猫抓住了它，那就完了。当斯图布过来的时候，斯塔尔已经不在那里了。

狐狸像蛇一样敏捷地滑到一边，又跳到了另一边。斯塔尔舔了一口嘴上的血，它知道那不是它自己的血。它用后腿直立，踮着脚，两只前爪像拳击手一样挥舞，在斯图布碰不到它的地方，等待机会。它的眼睛盯着斯图布柔软的肚子，在适当的时候，它闭上了眼睛。

它仿佛能够感觉到自己的牙齿深深地咬在斯图布的皮毛和肌肉上，而斯图布因为痛苦而不住呻吟，它咆哮着，弓起了背发起攻击，两只爪子往前扑。斯塔尔从一个地方闪开，正好撞到另一个地方。它感到有尖锐的针头刺穿了它的皮肤，刺进了它的肋骨，是斯图布的爪子。当那只野猫开始把狐狸拉到它张嘴就能咬到的地方时，斯塔尔听到斯图布发出了满意的低吼声。

而斯塔尔用脚做支撑，然后铆足了劲，用下巴狠狠地给了斯图布沉重一击。但是那只野猫比它大，而且远比它要强壮。慢慢地，斯塔尔屈服了。它无法抵抗斯图布灵活的力量，但它没有一秒钟停止战斗。

突然，斯图布松开了斯塔尔。是维克森，当它的幼崽的安全受到威胁的时候，它胆大如虎，刚刚它就在一旁焦虑地看着它的另一半和斯图布厮打。斯塔尔和斯图布都把它给忘了，除了对方，它们无暇顾及别的事情，就这样，它突然从洞口跳了出来，狠狠咬了斯图布两口。维克森知道如何突袭，而且它的嘴巴足够凶狠。

　　斯图布的后腿再也不听使唤了。维克森咬断了它的跟腱，那是它发力的关键，斯图布的后腿就这样废了。斯塔尔跳了起来，再次出击，而那只野猫此刻毫无防备，被一下击中。鲜亮的血从斯图布天鹅绒般毛茸茸的脖子上汩汩地流下。斯图布强撑着，身体僵硬，用前爪拖着身子。它向前走了十英尺，又走了十码，而斯塔尔在它身边徘徊，等待着给它最后一击。其实它斯塔尔不必这么做。斯图布用尽最后一点力气，试图把自己拖到一块平坦的岩石上。它用前爪攀爬，爬到一半，摇摇晃晃从岩石上滚下来，一动不动地躺在阴影里。

第十章　戴德·马特森

　　戴德·马特森是个喜怒无常的人，而且像许多他的同辈人一样，非常迷信。他认为，首先来讲，月相的不同阶段对人类有着深远的影响，他自己会据此进行自我调节。如果他设下了捕兽夹，没有得到他原本认为的那么多的皮毛，那就是月相出了什么问题；对于戴德做的其他的事情也是一样的，比如钓鱼、采植物根等等。如果结果不是很好，只要月相一转好，那他的结果也会跟着转好。

　　现在，他把自己与那只神出鬼没的狐狸之间的个人恩怨归咎于不合时宜的月相。戴德费了好长时间，好不容易才找到了一点关于斯塔尔的蛛丝马迹。那些特意设下的陷阱让他更加确信自己是在神出鬼没的狐狸的狩猎场设置的。因为戴德了解狐狸，所以他能相当肯定地计算出斯塔尔的可能出没的范围，然后便一次又一次地在这个区域出现。他清楚每一个土拨鼠洞，每一个空心的树桩，几乎每一棵树。他曾经去过斯塔尔出生的地方，发现最近这一季没有动物住在这里。可是，他去了他所知道的每一个地方，仍然没有发现任何一丝狐狸窝或幼崽的踪迹。

他唯一没有去检查过的地方就是那个藏在倾斜的岩石后的裂缝，原因就是他根本不知道那个地方。他曾几次穿过乱石，但那块倾斜的石头横在那里，看起来就像巨石相连，完全挡住了后面的洞口。两边长满了灌木，这是额外的伪装。此外，嶙峋的岩石上只有零星几簇树木和灌木丛。狐狸们都喜欢可以让它们躲起来的灌木丛，它们似乎不太可能待在巨石中，特别是要带着幼兽一起躲起来。

戴德知道斯塔尔的兽穴所在的大范围，却仍然找不到，这只是加深他对月相的看法，认为月亮是罪魁祸首。直到现在为止，月相一直偏袒着狐狸，事事对狐狸有利，但这种情况不会一直持续下去。

戴德不能把他所有的时间都花费在狩猎上面，他还要去采药用植物根，那是他夏天时收入的主要来源。他最热衷的是寻找人参和金印草①，因为它们带来的收入最为丰厚。除此之外，戴德还会挖很多其他植物的根茎，把它们分门别类、晒干，然后卖给离山谷最近的市集——卡尼维尔小镇的店主。当他攒了足够的根茎去卖的时候，他就会搭上农民的便车去卖。如果碰巧没人去，而戴德又想推销掉他的植物根，他就会把东西都装进一辆自造的很结实的四轮马车里，拉到三英里外的市场去。

傍晚时分，天气炎热，尘土飞扬。戴德拉着他空空如也的马车从市场回来，朝着家走去，但当他接近克劳利农场时，他改变了主意。他停下脚步去拜访的话，克劳利一家肯定会招待他，让

---

① 即北美黄连，是北美历史上最古老的药用植物之一。

他喝点水或是凉爽的白脱牛奶，可能还会邀请他留下来吃晚饭。

当戴德拉着他的马车走来时，桑德从丁香丛中懒洋洋地站了起来。戴德有点不耐烦地抚摸着那只大猎狗。他知道，桑德不仅是山谷里最好的猎犬，而且是他目前为止所见过的最好的猎犬之一。这样一条狗，主人却是一个只想打猎取乐的孩子，他为此感到愤愤不平。对戴德来说，这似乎是一件愚蠢至极的事情。猎狐是一项艰苦的工作，要不是为了可观的报酬，为什么要费力气干这事？或者，就像他和那只神出鬼没的狐狸那样，是因为什么个人恩怨。

桑德被热浪烤得无精打采，慢悠悠地走回它在丁香花丛中挖出的凉爽的洞里。克劳利太太走到门口。

"您好啊，戴德。"她说。

"你好，克劳利夫人。你家的男人们在吗？"

"他们还在干活。进厨房里来，这里凉快。我这儿有个电扇吹着。"

"不用了，谢谢。"戴德拒绝了，"我去看看有没有什么我能帮忙的。"

他走向谷仓，倒不是因为他真的想帮忙干活，而是因为要是他帮忙干些杂活的话，就肯定会被邀请留下来吃晚餐。克劳利太太是个出色的厨师，而戴德像大多数独居的人一样，常常对自己做的菜提不起胃口。他发现杰夫在牲口棚里，正准备解开他那群干活的马，而杰克正沿着小路走去，赶着那些落后的奶牛去挤奶。

"嘿，杰夫，"戴德真诚地问，"我来帮你照看马吧？"

"好啊，如果你愿意的话。"

戴德熟练地把两匹马分开，它们各自走进马厩，寻找自己的位置。戴德跟在后面，脱下马具，把它们挂在马具挂钩上。他用醋栗树做的鬃毛梳和刷子梳理着这些强壮的野兽，它们发出舒服的叹息。戴德到棚子里去把干草堆好，然后拿了他认为的粮食，喂给了马。

等他做完了这些，杰克和杰夫正在挤奶。戴德在谷仓的水龙头边喝了点水，然后坐在一个空桶上。杰克把一桶冒着泡沫的牛奶倒进了冷藏箱里的一个大罐子里，过了一会儿，杰夫的做法如出一辙。然后两人都坐回挤奶的凳子上，继续干活。

"最近怎么样，戴德？"杰夫关心地问道。

话音未落，戴德就接道："不怎么样！月亮一直在跟我作对！但它早晚会改变，之后我就能死死盯住那只神出鬼没的狐狸了！"

他们的注意力被戴德言语间透出的恶意吸引住了，杰克和杰夫转过头，好奇地盯着戴德。他们两个无法理解戴德怎么会对一只动物有如此的恨意。

"你有什么它的消息吗？"杰夫最后只问了这么一句。

"它在柯尔特山谷附近的山上，我知道的就这么多了！它从我这儿放走了二十一只能下崽的雌狐狸！让我损失了一大笔钱！要是我不用忙别的事的话，一定要去逮到它！"

戴德一遍又一遍地讲述了斯塔尔突袭他的笼子放跑了那些雌狐的事，这个故事又引起了人们对这只神出鬼没的狐狸新的兴趣。山谷里大多数的居民都不喜欢戴德准备杀死在笼子里出生的无助幼崽的计划，所以当那些狐狸逃掉的时候，他们暗地里其实是开心的。而在戴德和斯塔尔的恩怨中，大家其实也更同情那只神出鬼没的狐狸。但这并不代表他们中那些喜欢打猎的人在遇到可以

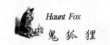

击中斯塔尔的机会时会放它一马。他们都了解戴德猎狐的技巧和手段，如果他真的全力追击的话，斯塔尔是逃不掉的。因此，狐狸在这场比斗中作为弱者，赢得了人们的同情。

他们挤完牛奶，在牲口棚的水龙头上洗了脸、手和胳膊，随后回家吃晚饭。在田地里辛苦了一天，杰克和杰夫累了，两人很少说话。戴德忙着吃饭，什么事也顾不上，有人跟他说话时，他才开口。暂时没有人再提起那只神出鬼没的狐狸。晚饭过后，戴德拉着自己的四轮马车离开了，朝着自己的小木屋走去。他喂了狗，坐了一会儿，凝视窗外渐浓的夜色，然后上床睡觉了。

第二天早晨，天刚亮他就醒了。他给猎狗的盆里放了水，给自己做了早饭，又打包了午餐，都装在背包里，背在肩上，开始往山里走。他又朝被斯塔尔弄坏的捕兽夹所在的地方走去。

采撷药用植物根就像掘金一样。戴德不止一次地认为自己已经搜遍了整个区域，于是他爬进了一片迄今为止还未被探索过的茂密灌木丛，发现了一块长满人参或是金印之类的植物根的地。尽管他已经在斯塔尔的领地范围内花费了大把的时间，他还是觉得有理由再去一次。

整个上午他都在寻觅植物根，但是收获甚微。中午，他坐在一堆乱石旁吃午饭。戴德把一块三明治举在嘴边，但一口也没吃，他甚至连动都没有动。百码开外，一只健硕的雄狐轻快地跑过乱石之间，嘴里还叼着一只半大的兔子。

戴德仍然坐着，一动不动。狐狸走到一块倾斜的石头前，把兔子放下来，在阳光下喘着粗气，又偷偷溜走去打猎了。它走了几分钟以后，戴德才离开，他像影子一样，悄无声息地离开那些乱石。直到他走出离那些乱石四分之一英里左右远时，他才放松下来，自如地前进。

月相开始变得对他有利起来了。他知道他刚才看见的是斯塔尔，他也知道了这只神出鬼没的狐狸在那里筑巢。显然，在倾斜的岩石后面，藏着一个洞穴或是狐狸窝。戴德可以马上下去抓斯塔尔的幼崽，没准还能捉住它的配偶，但他想抓到的是那只神出鬼没的狐狸。

当月相开始站在他这边的时候，戴德很满意，他觉得局势完全扭转了。夏日的盛行风吹过乱石，吹过戴德看到斯塔尔时坐过的地方。狐狸闻不到他的气味了，虽然那地方离那个倾斜的岩石不过只有一百码的距离。戴德带着他的猎鹿来复枪，他可以在一百码开外让六颗子弹都命中三英尺的红心。他绝不可能再错过这次机会了。

黎明前两小时，他回到了昨天吃午饭的那个地方。他那支装了子弹、没有保险装置的猎鹿步枪平躺在他的膝盖上。戴德屏息以待，他等待着天亮，他已经等这个机会等了很久了。

斯塔尔很瘦，几乎骨瘦如柴，它总是很饿，因为要独自承担两份的狩猎。维克森还不允许它进裂缝里去，也没有带着幼崽出来过；斯塔尔几乎看不到它辛辛苦苦养活的一家。但随着幼崽以令人难以置信的速度成长，它们的需求也大大增加。它们尽可能地从维克森身上获取更多食物，几乎每过十分钟就会又要一次吃的。它们无穷无尽的索求不断地消耗着维克森的精力，而它也不得不把目光转向斯塔尔。

如果幼崽们想要在夏季学习所有它们应该学习的东西，并且在冬季到来时能够自己照顾自己，它们就必须快速成长。它们现在可以到处爬了，但还只能用腿摇摇晃晃地站着。维克森不能离开它们太长时间。

它总是警惕着等候斯塔尔的归来。斯塔尔一回来，它就赶紧抓住并吃掉斯塔尔给它带来的食物。维克森吃得很多，但它也总是非常饥饿，因为它还要去喂饱另外五张嘴。它吃的食物变成了丰富的乳汁喂给幼崽，从幼崽身上能看得出来。它们比同年龄的大多数狐狸幼崽更大、更强壮、更警觉。照例，它们中有一只非常出类拔萃。那是一只小雄狐，身上有斯塔尔一样的特征，两只前爪上都像它父亲一样长了多余的脚趾。它的眼睛刚一睁开，还没能走路，它就爬着探索裂缝。虽然小雄狐只走了几英尺远，但维克森总是要把它拖回去，维克森每时每刻都在担心它。

维克森不时地从这几个小家伙中挣脱出来歇一会儿，但从来没有离开过很长时间，它甚至都没有走到过离裂缝口几英尺远的地方。它出来跑一跑，跳一跳，以此来锻炼一下抽筋的肌肉。但是维克森已经操心惯了，就算小幼崽们就在身边它也时时提心吊胆。它到裂缝外面的时候总是很匆忙，做一点运动，呼吸几口新鲜空气，再到附近的小溪里匆忙地喝几口水。

又一次，幼崽们终于乖乖睡着了，维克森来到裂缝外边，而它的伴侣像幽灵一样，悄无声息地来到它身边。维克森退了回去。它有一种强烈的本能，除了它自己，任何生物都不能接近这些宝贝幼崽。然而，斯塔尔并没有再试图靠近它们，每当它来的时候，维克森也不再露出白森森的利齿，用咆哮来迎接它了。如果斯塔尔愿意的话，它已经能够进那个小巢穴了。但是维克森并没有忘记它以前野蛮的攻击，所以如今只有被邀请了，斯塔尔才会进去。

斯塔尔放下它的猎物，是一只麝鼠，两人碰了碰鼻子。然后，维克森把麝鼠带进了裂缝。斯塔尔疲倦地在月桂树下蜷曲着，它已经在这里睡了许多个夜晚了，它把头枕在伸开的爪子上休息。像往常一样，它睡得很轻，微风的吹拂都让它警惕。半小时后，它站了起来，伸了个懒腰，张开嘴巴打了个哈欠。

几天来，斯塔尔一直在附近游荡，起初离巢穴只有很短的距离，后来，由于猎物越来越少、越来越难捕捉，它就到更远的地方去了。但现在，它要去好多地方，要带那么多猎物回到维克森那里，所以它的活动范围越来越小。现在狩猎要困难得多了，可对食物的需求却要比以前大得多。

在一次狩猎中，斯塔尔在绕过巨石的时候闻到了戴德·马特森的气味，立刻停了下来。它顺着气味往前走，准确地找到了戴德坐过的地方和他去过的地方。走着走着，斯塔尔几乎都快到饥饿山谷的小木屋了。它终于确信戴德现在不在山里了，于是继续捕猎。

它爬上小山，走进浓密的月桂树丛中，那里的雪靴兔用它们巨大的后脚掌拍打着地面，在蜿蜒的小路上蹦蹦跳跳。雪靴兔是出了名的难抓，当它们全力以赴地奔跑时，速度快得可以跑过一只狐狸。不过，还是很有可能伏击它们而抓到一只，很明显现在的这些都是去年刚出生的年轻兔子，远不如那些老兔子敏锐。

斯塔尔走进了灌木丛，慢慢地走着。它的尾巴优雅地弯曲着，头压得低低的。从表面上看，它似乎对周围的一切都漫不经心的

样子，但它的耳朵保持着警惕，鼻子还在不停地探索着。它不会错过一丁点儿声音，也不会放过一缕气味。斯塔尔发现了一只大野兔，朝它猛扑过去，却没扑中，让它在夜色中逃了。斯塔尔考虑了一下追上去的利弊，最终决定放弃了。野兔是一种精力旺盛的动物，它可以跑上几个小时才会累，要找到并抓住另一只，就像找到并抓住这只一样不容易。斯塔尔继续在灌木丛中漫无目的地小跑。

突然间，它猛扑了上去。

它听到一只雪靴兔在一根倒下的圆木旁啃草的声音，闻到了它的气味，斯塔尔预测到了它下一步的行动。斯塔尔的尾巴在身后僵硬着，嘴巴张得大大的，随时准备咬断近在咫尺的那只兔子的喉咙。那只雪靴兔几乎是冲向了它等在那里的下颚，然后突然转身，加速往回跑。可是，斯塔尔立刻一跃而起，几乎是跨在那只逃窜的野兔身上，还没等它的爪子着地，就啪地一声咬住那只兔子。它对着猎物喘息了一会儿，然后抓住猎物的肚子，高高地昂起了头。真是上天的赏赐，这只野兔是如此肥硕，斯塔尔带着它，准备回到维克森那里去。

离那里还有很长一段路的时候，它放下猎物，紧张起来。那只花费了它很长时间和力气捉到的野兔就被它遗忘在了一旁，它小跑着去证实它闻到的气味。当斯塔尔去狩猎的时候，戴德·马特森回到这里了。现在，他坐在巨石的顶端附近，就是他吃午饭的地方。

斯塔尔紧张极了，害怕得直发抖。戴德出现在巢穴地附近一次，可能是出于巧合，但是出现第二次，就绝不可能是巧合了。

他回来肯定是有目的的，而且绝不可能是什么好目的。斯塔尔放轻脚步，绕着等它的人转了一个大圈，从下面走进了兽穴。它很担心，因为它再也闻不到戴德的气味了，但没有任何迹象能直接表明可能是那猎人移动了。

天色稍稍亮了一些，天就快亮了。风继续扫荡着山谷，吹过裂缝，吹向那个蜷缩在巨石旁边沉默着的男人。

斯塔尔径直走到倾斜的岩石那里，饥饿的维克森就在那里等着它。斯塔尔空手而归，没有带食物回来，它感到很困惑，就往后退了一步，目不转睛地看着它。斯塔尔停了下来，抬起一只前爪，回头看了一眼。

没有谁哀嚎，也没有谁出声；除了那些躁动不安的幼崽外，裂缝周遭完全没有动静。然而，在斯塔尔和维克森听来，无声胜有声。斯塔尔以自己的方式把它们家面临的危险告诉了维克森，它明白了。它没有挡住斯塔尔的去路，而是在斯塔尔前面小跑着，斯塔尔走过去低头看了看它们的幼崽。

它们挤在一起取暖，仍然裹着出生时的胎毛，看起来更像小羊羔而不是狐狸。斯塔尔用鼻子温柔地拱了拱它们，又拱了拱最大的那只，那个长得最像它，甚至还"继承"了它父亲多余的一个脚趾的家伙，立刻咬了斯塔尔一口。

斯塔尔不再犹豫了。它咬住毛茸茸的幼崽，既不敢咬得太狠让它受伤，又咬紧不让它掉下去。斯塔尔没有回头，就把它从裂缝里带了出来。维克森带了另外一只，紧随其后。

黎明前的黑暗中，它们迅速而无声地跑过巨石，进入另一边浓密灌木丛。在离巢穴一英里的地方，它们穿过一条路，来到一

片月桂花丛的中央，那里曾经生长着一棵枝繁叶茂的大树。在斯塔尔出生前几年，那棵大树被闪电击中，现在只剩下干瘪中空的树桩和几根枯死的树枝了。斯塔尔和维克森把两只幼崽留在中空的树桩里，跑回巢穴带走另一对。当它们安全返回树桩后，维克森依偎在四只幼崽旁边，而斯塔尔又一次消失在月桂树中。

黎明已经到来，树木和岩石的形状清晰起来。斯塔尔看到二十五码开外的地方，一只鹿正在觅食，再远处，一只鹰盘旋着飞上天空。

一只幼崽还留在原来的洞穴里，斯塔尔没想到还要再回去一趟。它一直跑到灌木丛的边缘，然后停下来研究了一会儿。斯塔尔蹲伏着，尾巴绕在屁股上，耳朵平平地贴着脑袋，躲在一块大石头后面。它来到了石头的中心，来到了一个三英尺的缺口前，它必须穿过这个缺口。它的肚子贴着土地，从生长在空隙里的白杨树之间钻了过去。

在更远的地方，戴德·马特森以为自己看到了一团红色的毛皮，于是握紧了来复枪。就在戴德认定他看到的确切无误时，一只画眉鸟飞进了树林里。

斯塔尔到了原来的巢穴，抓住了那只幼崽，沿着危险的道路往回走。它再次来到缝隙前时，那个盯梢的男人认为他看到了一团红色的身影，于是正目不转睛地盯着那里。但是斯塔尔的身影再没有出现。

四个小时后，戴德·马特森等得不耐烦了，小心翼翼地往下走，发现了倾斜的岩石后面的裂缝。但他所找到的，也不过就只有这个裂缝。

第十一章　流浪者

斯塔尔刚把最后一只幼崽带回来，它们又再次转移。这对父母一人抱着一个孩子，又小跑了一英里，来到一棵倒下的大树隆起的一侧。把两只幼崽留在那里，它们又回到中空的树桩里再接另外两只，然后维克森和四只幼崽留在那里，斯塔尔再去把剩下的那只带回来。

它把最后那只幼崽放在维克森用旁边树叶筑就的巢里，又立刻离开了它。它的伴侣饿了，它知道这一点，但它没有时间停下来打猎。如果维克森一定要吃东西，它就得自己去找了。它们现在已经安全了，可即便是最好的情况的话，它们的安全也只是暂时的。斯塔尔知道戴德·马特森有猎犬，可以追踪到它们，而斯塔尔能做的就是让自己置身于自己一家和戴德之间，时刻提防着戴德可能会做的事情。

它爬回那堆大石头旁，但这次没有必要冒死前进了。相反，它待在灌木丛里，它在那里藏得很好，而风会告诉它那个男人的一举一动。

在很长一段时间里，戴德什么都没有做，最后他站了起来，向裂缝走去。斯塔尔靠得很近，好知道他在做什么。它知道戴德走到那块倾斜的石头后面，朝裂缝里看了看；它知道戴德发现了斯图布的尸体；它知道戴德快速地走着，几乎是小跑着奔向他的小屋。

斯塔尔跟在他后面，站在一边的灌木丛里。它不敢在戴德小屋附近的树丛中冒险，而是在灌木丛中等着看那人会怎么做。十分钟后，戴德从小木屋里出来了。

他手里拿着霰弹猎枪，用短绳牵着两条猎犬，迈着坚定的步伐朝裂缝走去。戴德非常愤怒：昨天他本来有机会带走幼崽和那只雌狐的。为了等到那只神出鬼没的狐狸他才拖延着没有动手，没想到如今却落得两手空空。现在，他下定决心，尽其所能为这次失败报仇。他知道，带着那些幼崽，狐狸们跑不了多远。那些幼崽的年纪还太小，自己去不了什么地方，一定是父母带着它们。他最后至少能找到并杀死那些幼崽。戴德径直朝裂缝走去。

斯塔尔跟在后面，小心翼翼地不让猎犬嗅出它的气味。其中一只猎犬发现了雌狐狸的踪迹，便大吼一声，奋力往前走。另一只不像它的同伴那样敏锐，却饶有兴趣地竖起了耳朵。接着它们都追踪到了斯塔尔和维克森逃跑时走的那条路。戴德手里紧紧地攥着绳子，几乎是跑着跟在它的狗后面。

斯塔尔很担心，这一切都出乎它的意料。它原以为猎狗会被放出来，就像平时狗追狐狸时那样，然后它就能抢在前面把它们引开。现在它不敢轻易现身。戴德带着他的狗直奔而去，而斯塔尔深知让一个拿枪的人看见自己是多么愚蠢的行为。

斯塔尔尾随着他们，当猎犬带着它的主人找到了斯塔尔和维克森最初藏匿幼崽的树桩时，它十分焦虑。戴德仔细地看了看，然后继续往前走，走向那棵倒在雌狐狸身边的树。他们已经走了一半路程的时候，斯塔尔终于有机会了。

它一直顺着顺风的方向走，以便跟踪狗和人，但现在风向变了。斯塔尔穿过它今天早些时候走过的路，溜进了对面的灌木丛里。如此一来，猎犬们所发现的便不是几小时前的踪迹，而是它刚刚留下的踪迹。

虽然它们不是最好的猎犬，但还是比一般的猎犬好。它们的鼻子告诉它们，它们一直在跟踪两只狐狸的气味，而且这两只狐狸还带着一些幼崽，但它们不可能知道主人想让它们找到的是那些小狐狸。它们像所有优秀的猎犬一样，放弃了那条之前的踪迹，转而去追踪那条新鲜的足迹，它们知道这是那两只狐狸之中的一只留下的。

斯塔尔听到它们从灌木丛中走来的声音，这就是它想要的——猎狗和人跟在他后面。在顺风处，斯塔尔慢悠悠地走着。它领着猎犬沿着它能走的最短的路线走着，这样能尽快让它们远离雌狐狸和幼崽，就这样它们跟着斯塔尔走了两英里。

突然，戴德醒悟过来，发现一切并不像他所想的那样发展。如果今天早上狐狸闻到他的气味，之后狐狸父母才开始带着它的幼崽们转移的话，它们不可能把孩子们带到这么远的地方。

戴德故意牵着他的猎犬们，因为他很清楚斯塔尔一定在盯着他们，而且戴德很了解雄狐，雄狐会故意领着猎犬往与雌狐和幼崽相反的方向跑去。他敏锐地猜到那两只猎犬一定是碰巧偏离，

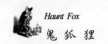

追踪上了斯塔尔。

戴德把狗带回到空树桩，他知道幼崽们曾经在那里待过，他试图从那里重新找到踪迹。但这么一变，把猎犬们搞糊涂了。它们知道刚才那是一个刚留下的气味，现在却又被带回到同一只狐狸早前留下的气味上，这把它们弄得晕头转向。猎犬们不愿走这条路，戴德只好再次认输，他牵着狗，回到了他的小木屋。

斯塔尔在戴德家的空地附近逗留，直到夜幕降临，阴影笼罩了整座山，一片黑暗，斯塔尔才离开，回去找维克森和幼崽们。它们安全了。在黑暗中，斯塔尔和它的伴侣互相嗅了嗅鼻子，趴下来休息了几分钟。最大的那只，多了脚趾的那只，爬到它爸爸身边，开始玩弄斯塔尔毛茸茸的尾巴。它突然咬了一口，用乳牙使劲地咬住斯塔尔的尾巴。斯塔尔恼怒地站了起来，走了几步，又坐了下来，怒视着儿子。

但它不能长时间休息，倒下的树垂下来所形成的天然帐篷不能当作雌狐狸和幼崽们久居的巢穴。斯塔尔又把一只蠕动着的小家伙叼在嘴里，维克森也叼着一只，跟在它身后，小跑着下了斜坡。

斯塔尔蹚进了一条自由流动的小溪，顺着往上爬，然后从它进去的那一边爬了出来。往上走了一百码，它又回到了小溪里。这一次，它从河的对岸跳了过去，走进了一片小铁杉树丛。在树林的中央有一棵巨大的橡树，它逃过了伐木工的斧头，因为它是空心的，斯塔尔把它的幼崽留在了中空的树洞里。一个小时后，所有的幼崽都被转移了。

斯塔尔出去打猎了，幸运与它同在。它抓了一只棉尾兔，带给了维克森，回到同一个地方给自己抓了一只。它趴下，饥肠辘辘地吃着二十四小时以来的第一顿饭。之后它才想起来发现戴德·马特森的时候，它丢掉了自己带给维克森的那只大雪靴兔。

直到清晨时分，斯塔尔还待在那棵空心橡树旁，它坐立不安，犹豫不决。它以前也被追捕过，但从来没有这么持久，这么不知疲倦。戴德·马特森让它很紧张。

两天后，离天亮还有一个小时，斯塔尔又去打猎了。路上又发现了戴德刚留下的足迹，是往山里走的，它连忙赶回维克森身边。巢穴附近什么都没有发生，它的配偶和幼崽们都安然无恙。斯塔尔重新开始打猎。

它进入了一个通常能找到兔子的灌木丛，但立刻就掉转尾巴逃跑了。一只大雪靴兔坐在那里，用惊恐的眼神盯着它，两只爪子都被捕兽夹夹住了。斯塔尔只跑了几码就从惊慌中回过神来，开始调查。

捕兽夹没有放在小路上，而是放在了狐狸狩猎时可能会冒险进入的灌木丛里。斯塔尔绕了一个大圈，在捕兽夹附近嗅到了戴德的气味。它跟在后面，怀疑一路上看到的所有的缝隙。只有当它确信戴德不在附近时，它才敢冒险到另一片丛林里去打猎。即使如此，它也仍然一直提心吊胆。

为了抓住它，戴德·马特森不惜一切代价，想尽一切办法，用捕兽夹和各种圈套把斯塔尔的家围得严严实实的。再次外出打猎时，斯塔尔又发现了一只小鹿被金属网缠死了。死去的小鹿的母亲在它附近焦虑地低哼，斯塔尔过去的时候，它朝着斯塔尔冲了过去。

斯塔尔羞耻地逃跑了。它已经尽可能地忍耐了，但现在已经
忍无可忍了。它为自己和维克森找了一个上好的猎场，它选择在
这里把它的幼崽们养大，它本来以为这里和其他地方一样，只是
一般的危险。而现在，这是一个极度恐怖的地方。

它很清楚它入侵了别人的领地，如果被人发现，它就不得不
打一架了。这片区域属于帕奇斯，一只老雄狐，已经繁殖了六窝
幼崽，现在正忙着喂养一窝新生的幼崽。但是，斯塔尔已经决定
要穿越帕奇斯的领土，它不会再犹豫了。它动作敏捷，希望能在
帕奇斯发现它之前抓到一个猎物。斯塔尔计划跑一个大圈，最后
跑回到维克森和幼崽们所在的那个中空的树洞那里。

它很幸运，因为它抓住了一只栖息在低处的半大的野火鸡。
斯塔尔在小火鸡旁伸伸懒腰，吃掉了一部分，把剩下的东西带给
了维克森。幼崽们正在维克森身边爬来爬去，尝试着咬它的皮毛，
斯塔尔密切地盯着它回来时走的路。

第二天晚上，当斯塔尔再次开始无休止地寻找食物时，它遇
到了帕奇斯。

帕奇斯和斯塔尔年龄相仿，但体形比斯塔尔大得多，正处于
壮年时期。帕奇斯柔滑皮毛下的皮肤是那么坚硬，其上布满了打
斗时留下的伤疤。很久之前，它在一次打斗中失去了右耳，因而
它是一个经验丰富、意志坚强的丛林老手。

它一跃而起，用它那锋利的牙齿咬住了斯塔尔的肩膀，而斯
塔尔只是成功地用它的牙齿咬穿了帕奇斯右耳处还剩下的几块地
方。接着，帕奇斯扑向斯塔尔的侧腹，斯塔尔疯狂地旋转着，想
躲开。进攻侧腹是帕奇斯自己最喜欢的战斗方式，它知道斯塔尔

对斯图布做了什么，也知道它可能会有什么下场。

　　它们都后腿站立着，用前爪胡乱抓着对方的脸，斯塔尔感觉自己的爪子划过一个切割的机器，那是帕奇斯的嘴巴。它拼命甩动下巴，撕咬帕奇斯的脸颊。当帕奇斯被迫松开爪子的时候，斯塔尔掉头跑掉了。

　　如果是帕奇斯跑到了它的领地里的话，斯塔尔一定会战斗到底的；但现在是它进了帕奇斯的领地，是它挑起了这场战斗。它有错，它自己也知道，这使它丧失了勇气。斯塔尔跑的原因就和大狗从守在自家后院的小狗身边跑掉的道理是一样的。

　　帕奇斯夹紧侧腹，追着斯塔尔跑了一会儿，在标志着它们狩猎领地分界线的山脊上，帕奇斯停了下来。斯塔尔继续往前跑，直到它确定身后没有人追着它为止。然后，它不情愿地去了一些它熟悉的狩猎场。

　　它发现一只雪兔和一只火鸡，都死在戴德·马特森的捕兽夹里。斯塔尔战战兢兢地徘徊着，不知道什么时候自己也会被勒死，但是它必须找到食物。整个晚上它都在捕猎，直到天亮，它终于为维克森抓到了一只兔子。当它把食物带给维克森时，它没有马上吃。幼崽们不安地蠕动着，等着妈妈回来，而维克森轻轻地舔着它配偶身上被帕奇斯攻击留下的伤口，之后才满意地去吃东西。

　　斯塔尔第二次去打猎时，根本没有走进森林。它本以为在自己的领地范围里可以随心所欲地捕猎，想去哪儿就去哪儿，可现在那里太危险了。如果它冒险进入另一只雄狐的狩猎范围，它将不得不为它所得到的猎物而战斗。斯塔尔知道一个更可靠的方法为它的家人获取食物。

　　它避开了可能藏着铁制捕兽夹的小径，从密密麻麻的灌木丛中冲出，那里埋伏着许多能勒死人的陷阱，它径直跑下山，奔向山谷。斯塔尔遇到了戴德·马特森刚踩出来的一条小路，它从上面跳了过去，很快就到了克劳利家的田地的边缘。

　　屋里没有灯光，十分安静。确定桑德没有在院子里徘徊了之后，斯塔尔把注意力转向了谷仓前的空地。马被安置在马厩里，奶牛挤完奶后被赶到牧场上，趴着嚼着食物。从禽舍和鸡舍里飘出令人垂涎三尺的鸡、火鸡、鹅和鸭子的气味。

　　斯塔尔一点声音也没发出，只是用鼻子顶着风，慢吞吞地穿过草地，走到很久以前在大风暴的第一个晚上，它捉到了那只母鸡的那间小屋。鸡又在那里，睡在它们所能找到的临时安身之处。斯塔尔像一个移动的影子，潜入小屋带走了猎物。

　　第一次的时候，它只是一个业余的猎手，一只笨手笨脚的年轻狐狸，对自己在做什么只有一个模糊的概念。现在它是一个专家，一个非常熟练和狡猾的捕猎者。它知道该咬哪儿，咬多狠。那只鸡没有挣扎一下，就死掉了。另一只在夜里发出抱怨的咯咯声，但此时斯塔尔已经消失了。它像进来时那样轻手轻脚地从棚子里溜了出来，但它并没有直接回家，而是从容不迫地跑向另一个方向了。斯塔尔绕着小溪转了一圈，涉水走了五十码，然后跳出小溪，跑上了一座小山。它蹚过另一条小溪，停了十分钟，看看是否有猎犬在追它，然后才把鸡带回家。

　　第二天晚上，它一直走到山谷的尽头，抓了一只伊莱·卡特曼养的大兔子；第三天晚上，它又去了梅森家的禽场。接下来，它又去了迈克·塔伦特家狩猎。它从不连续两次去同一个地方，每次回窝前都会注意藏匿自己的足迹。

　　到目前为止它还没有被发现。这个山谷通常是一个物产丰富的地方，而今年这里更是物产富饶，想找到一两只鸡、鸭子或兔子是很容易的。

　　幼崽们尽情地吃，在阳光下像野草顽强地成长。它们像许多顽皮的小狗一样爬来爬去、摔跤；它们扑向蝴蝶，鼻子紧贴着地面的虫子；它们开始尝试着爬树，而且只要一有机会，它们就折磨斯塔尔。每当斯塔尔靠近它们趴下时，它们就会把它团团围住，啃咬它的耳朵、尾巴、爪子和其他任何它们够得到的东西。而斯塔尔所能做的就是站起来，走远一点。它从来没有反击过，也没有伤害过其中任何一个孩子。

　　它们的嬉戏是必要的。当它们爬来爬去、来回翻滚的时候，它们年轻的身体和肌肉得到了锻炼。如果它们要生存，就必须强壮；在旷野里，软弱的家伙活不了多久。

　　虽然维克森是个好母亲，但它是个严厉的母亲。当幼崽们玩耍的时候，它总是在附近盯着它们。每当它们中的任何一只，特别是和斯塔尔最像的那只，冒险走得很远，超出了维克森能够接受的距离时，它就会把它叫回来。如果这只幼崽没有马上回来，就会被维克森用牙齿惩罚一番。

　　维克森允许幼崽们尽情地在它身上玩耍、咬它。但是它们的牙齿已经锋利得足以伤人，它们的下颚也强壮得足以把牙齿咬进很深，所以它忍受着斯塔尔不愿忍受的痛苦。

　　斯塔尔在克劳利农场又抓了一只活鸡，这会儿正是幼崽活跃的时候。通常它会立即安静地把鸡杀掉，但它这次用刚好能抓住

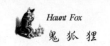

这只鸡的力度夹住它。惊恐万状的鸡发出挣扎的叫声，惊醒了黑夜。剩下的鸡惊慌失措，发出刺耳的吵闹声，把杰克和杰夫都吵了起来，他们跑出来看。而桑德因为之前在蔬菜地里挖了个洞，被惩罚整晚都拴着链子，所以没有跟着主人一起。

在黑夜里，杰克和杰夫只能确定他们的家禽遭到了袭击。在那之后，他们更加小心地照顾他们的家禽，并散布了消息说，神出鬼没的狐狸再次现身了。

和往常一样，斯塔尔小心翼翼地隐藏它的踪迹，把活鸡带到窝里。幼崽们纷纷爬出来看斯塔尔带回了什么食物，就在这时，斯塔尔松开了那只鸡。

着了迷的幼崽们聚集在一起，一时还无法理解要做什么。它们好奇地朝鸡伸出鼻子，当用冰冷的鼻子碰它时，鸡就会扇动翅膀。五只幼崽立马跑开，但没过多久就把鸡围起来，用爪子拍打它，用鼻子嗅它。那只看起来像斯塔尔的幼崽紧紧咬住了它的翅膀尖。那只鸡拖着狐狸幼崽挣扎着要跑开，但这只幼崽坚持住了，其他几只也放开了手脚。五只幼崽一齐扑向那只鸡，把它拖了下来。只有这样，它们才能学到它们必须知道的东西。

几晚后，斯塔尔去了伊莱·卡特曼家，但是山谷里的人家现在都警惕起来了。农民们更仔细地照看着他们的牲畜，很多人都才发现自己丢了些牲畜。伊莱已经准备好了，当斯塔尔带着兔子逃走时，伊莱的猎狗立马就追上了它。

斯塔尔尝试了它的老把戏，但是它知道那只猎犬就在它后面，它很清楚，任何普通的诡计都不能把它甩掉。然而，斯塔尔已经学会了一些新技巧，保留着，以备不时之需。靠近山顶有一块大约三十英尺高的岩架，在岩架表面有三个地方可以让跳跃的狐狸着陆，而斯塔尔已经下定决心从那上面跳下来，它可以做到。它相当肯定，又大又重的猎狗没有办法跟着它。

斯塔尔从山顶上跳了下来，抓住一块突出的岩石，努力保持平衡，可是岩石上面过于狭窄，就算它四只脚聚在一起，也无法立足。它只能迅速蹦到下一个平台上，接着是下一个，然后飞快地离开了岩架的边缘，跳到下方的地上。伊莱的猎犬只能无助地在上面转来转去。

随着季节的推移，孩子们长大了，也学会了许多东西。它们现在知道了如何在一丛丛的野草中间抓住老鼠。它们了解松鸡，知道最容易抓住它们的方式是什么，尽管它们还没有成功过几次。每只幼崽至少抓住过一只兔子，而且有过很多次失手的经验，因此，它们掌握得很快。

第十二章　狩　猎

这片被霜冻结的土地上覆盖着一层薄薄的雪，那是在夜里落下的，天空中翻滚着一团乌云，预示着还会有更多的雪。光秃秃的硬木在凛冽的北风中摇着冰冷的树枝，常青树在山坡上阴沉沉地摇晃着。在克劳利家的田里，麦穗整齐地排列着，枯叶上撒着雪。一群五颜六色的鸽子在它们头顶上盘旋着。在农场的院子里，杰克·克劳利打碎了水槽上结成的冰壳，牵着马出去喝水。

对山谷里的人来说，这季节正是个好时候。谷仓里堆满了干草和谷物，每个水果和蔬菜箱都堆满了，酒窖里摆满了一架子的罐头食品，都是节俭的农妇们准备的。当春天的阳光重新照射在田野上的那一天起，人们又可以开始耕种了。每家每户的农场，每一个劳作者，都尽可能地多工作几个小时，很多人都从黎明开始，一直劳作到黑夜。孩子们放学后的全部时间也用来帮忙打理农活，除了干活，几乎没有时间做别的事情。

现在，酷暑终于过去了，人们有了更多的闲暇时间。杰克望着群山，眼睛里闪着期待的光芒，因为对他来说，悠闲意味着他有时间带着桑德去猎狐了。他不再是那个茫然地选择了一只笨拙的猎狐犬幼崽带回家的孩子了。杰克在各方面都有了长进，从他身上可以看出他将来会成为一个什么样的人。

马儿们喝足了水，自觉地回到了窝棚。杰夫一直在打扫马厩，这时一匹大马从他身边挤了过去，他倚在铁锹上。杰夫也热切期盼着去打猎，这种天气给他带回了他生活中最美好的部分。

"打算带桑德到山里去吗？"他问。

杰克笑了。"我想去。你也能去吗？"

"这个周末不行。杰克·马洛里今天或明天要来买些奶牛。但你最好还是去吧。你还记得吧，下周学校放假。"

"嗯，也许等手里的活儿干完，我就带着桑德去试一试。"

杰夫哼了一声，说："真不知道在你长到可以帮忙干活之前，我是怎么一个人处理这些琐事的。你今天和明天都别来帮忙了，这才下第一场雪，你已经帮忙干了很多了。让你妈妈给你准备一顿午饭，现在就去吧，否则你就没有时间了。"

"谢谢！但是我不喜欢——"

"去吧。"杰夫催促道，"今天的活儿不多，还不够我一个人忙活的呢。"

杰夫把他的铁锹靠在墙上，他们俩一起走到谷仓门口，去看那些被白雪覆盖着的小山。鸽群落在玉米地里，压得玉米秆晃晃悠悠的，随后又成群结队地飞起，飞向田野的另一边。它们落在雪地里，忙着啄食玉米。杰克漫不经心地看着眼前这一切。

"好吧，"他说，"我带着桑德去，看看我们能不能找到——看！"

一只红狐从它等待已久的玉米地里跳出来，它扑向一只鸽子，

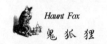

然后向群山飞奔而去。

"瞧那家伙！"杰夫说，一半是钦佩，一半是谴责，"它一定是天一亮就在玉米地里等着，看看它那身红毛！"

杰克急切地说："我们去看看吧！"

他们小跑着穿过田野，而那些鸽子，因为丢失了一只一哄而散，暂时不安了一小会儿，就又降落在另一片玉米垛附近，继续进食。克劳利父子肩并肩地来到狐狸藏身的地方。被杀死的鸽子身上的几根蓝色的羽毛散落在逃跑的狐狸留下的脚印上。虽然足迹有些磨损了，但是毫无疑问，一看就知道是谁留下的。

"又是那只神出鬼没的狐狸！"杰夫说。

杰克热血沸腾，想起猎犬追踪那只狐狸时发出的各种令人毛骨悚然的声音，想起他曾多次用猎枪瞄准在桑德前奔跑的狐狸。山上有各种各样的狐狸，从笨手笨脚的幼狐到聪明过人的老雄狐狸，但从来没有一只可以媲美这只神出鬼没的狐狸。虽然杰克在打猎时遇到过斯塔尔的足迹，但那是它很早之前留下的。杰克的眼睛闪闪发光。

"我找到了我要抓的狐狸，我就要那只神出鬼没的狐狸！"

"这将是一场不容易的狩猎，小家伙。"杰夫警告说。

"这正是我想要的！"

杰克向房子跑去。桑德感觉到了即将来临的兴奋，拉紧链子的一头，竭力迎着杰克。这只大猎犬又瘦又壮，即将迎来这个季节的第一次狩猎，它的状态非常好。杰克拍了拍它的脑袋，进了屋。

他小心地把一把带鞘的刀别在腰带上，穿上了一件羊毛制作的狩猎夹克，在一个口袋里装满了子弹，又在另一个口袋里装满了防水的火柴。然后，他手里拿着猎枪，急匆匆地走进厨房。

他母亲理解他的兴奋之情，她家的两个男人都是久经考验的猎手。她很快就准备好了三明治，杰克亲吻她，微笑着表示感谢。

"我会抓到那只神出鬼没的狐狸给你做围脖，"他保证道，"你戴上一定很好看。"

"祝你好运，"她说，"要小心。"

桑德看见了那支枪，它扯着链子，抬起前腿，爪子在空中乱扑乱撞。它那激动的叫声激起了回声，传到远处的山上，当杰克伸手去解开它的锁链时，桑德在他周围疯狂地旋转着。

杰克一抬头，看见了杰夫，他刚才又沿着斯塔尔的去路往山上走了一小段。桑德也看见了他，热情地跳上前去迎接。那只大猎狗嗅到了狐狸的气味，立即就被吸引住了，它垂着脑袋，尾巴僵直着。它呼哧呼哧地走来走去，闻了好一会儿，然后从它的胸腔深处发出了滚滚的吼声，接着便开始了这场追踪。

杰克迎着杰夫走去，两个人转身看着那只奔跑着、狂吠着的猎犬。在狩猎的最初几分钟里，桑德精神饱满，体力充沛，以最快的速度前进。很快它便消失在了森林里，主人只能通过它的叫声判断它在哪里。

"抓不到它我是不会回来的。"杰克自信地说。

"是吗？"他的父亲笑了，"好吧，在山里注意安全。"

那些幼崽，已经和其他年幼的狐狸一样，学会了如何照顾好自己，走上了自己的路。它们的离去让斯塔尔夫妇俩轻松了许多。

作为一个有能力的女猎手，维克森可以照顾好自己。但与它的伴侣不同的是，维克森是一只谨慎的动物，只要有可能避免危险的方法，它从不把自己置于危险之中。它从来没有离开过荒野，而斯塔尔一冲动就会袭击农场。

因为幼崽们不再依赖斯塔尔了，所以它没有必要再在有限的范围内捕猎了。在突袭之后，斯塔尔也不必再带着它抓到的猎物立马跑回山里了。它已经在农田附近躺了差不多两天了。昨天它在克劳利家附近散步时，注意到了那些盘旋的鸽子。它们总是先飞一小段，然后在谷堆里拾谷粒。

斯塔尔计划的制订和执行都很简单。黎明之前，正如杰夫所怀疑的那样，它只是把自己藏在玉米垛里了。天一亮，鸽子们就出来觅食了。斯塔尔正好等它们在埋伏地附近降落时，跳出来逮住它们。

在灌木丛中找了个安全的地方，它停下来拔了鸽子的毛，大快朵颐。斯塔尔舔着鸽子的肋骨，一根羽毛弄得它鼻子痒痒的，打了个喷嚏。它慢慢地小跑着，往山深处走去，打算去找维克森。但它刚一动身，就听到桑德的叫声打破了早晨的寂静。斯塔尔停下来，回头看了看，它的眼睛闪烁着恶作剧的光芒。

从幼崽出生的那一天起直到它们长大了离开，走自己的路，生活一直是一件极其严肃的事情。除了照顾它的家人和避开戴德·马特森的陷阱和圈套外，它没有时间做任何事情。虽然夏天时斯塔尔曾经被猎犬追逐过，但它当时一心只想尽快摆脱它们。现在有时间玩了，不用再担心会把猎犬牵到无助的幼崽身边。斯塔尔拉了拉身子，飞奔了出去。

　　它从声音里听出那只猎狗是桑德，它对桑德是十分尊敬的。但它一点也不害怕。虽然它知道很难甩掉这只猎犬，但它相信自己完全有能力做到。猎犬并不是它所面对的真正的危险，和猎犬在一起的猎人才最是致命的，斯塔尔必须不惜一切代价避开它。

　　它突然加速，把桑德甩在后面，然后慢下来，轻松地走了起来。它在灌木丛中盘旋，从高处俯瞰克劳利农场。除了那些建筑物外，什么也看不见，斯塔尔又跑了起来。

　　它精力充沛，想要跑，可是鸽子还没有大到能填饱它的肚子，这让它感到疲倦。它跑了一个小时，没有休息过一次，也没有特意留下干扰。随后它涉过一条小溪，但它知道这样做不会耽误桑德太久的时间。

　　斯塔尔从水里出来，在月桂树丛中胡乱地走着。它转了一圈又一圈，又十多次再次穿过自己的路，在桑德的狂吠中，冲出了月桂树。斯塔尔跑到一个小山丘上，等着桑德来破解它留下的纠缠不清的足迹。

　　一只平庸的猎犬会被弄糊涂，但桑德可不是泛泛之辈，它只需要几分钟就能弄明白斯塔尔在树丛里干了些什么，以及它该怎么办。它没有去探索那些弯弯曲曲、错综复杂的踪迹，而是抄近路穿过灌木丛，找到了斯塔尔最终的踪迹。斯塔尔给了它一刻钟的时间来解谜，而桑德只用了三分之一的时间就搞定了。

　　斯塔尔起身，继续逃跑。这一次，它穿过一片次生林，以最快的速度奔跑。突然，它使出浑身的力气，以最快的速度闪身进入了它已经选好的路。

　　当斯塔尔出现的时候，杰克·克劳利正站在硬地林里，他看

到了狐狸，就像狐狸也看到了他一样。杰克没有开枪，因为斯塔尔没有出现在他所预期的地方，而且和他之间的距离超出了射程。杰克快步朝下一个地方走去，他觉得那只神出鬼没的狐狸会出现在那里。

斯塔尔立刻跑开了，它想尽快和猎人保持尽可能远的距离。它隐隐听到远处传来桑德连绵不断的叫声，虽然那只猎犬不如狐狸跑得快，但它的耐性很好。斯塔尔涉水过了另一条小溪，从桑德的声音可以听出来，这个把戏只让桑德稍稍迟疑了一小会儿，于是斯塔尔朝满是乱石的溪谷走去。

巨石之间的树木、灌木都很稀少，人们从很远的地方都能看到它，在走进去之前，斯塔尔从四面八方进行了好一番勘察。最后，它确信猎人没有躲在大石块后面，便纵身一跃，跳到一个大石块的顶上，又从那儿跳到另一个大石块的顶上，接着又跳到第三个巨石的顶上。它根据巨石之间的距离来控制它跳跃的力度，就这样，从一个跳到另一个，然后跑进了树林。

桑德在这里第一次放慢了速度。它知道狐狸们大部分的把戏，但这是一个新的把戏，它需要一段时间来弄明白。它那低沉的叫声在乱石之间回响了十五分钟之久，它在那里搜寻着气味。它不理解斯塔尔的足迹为什么断了又断。

与此同时，斯塔尔穿过一群在避风的山坡上吃草的鹿，它们的气味和斯塔尔的气味混合在一起。斯塔尔跑上山坡，找了一片灌木丛坐下，尾巴蜷曲在后爪上。

它听见远处隐隐约约传来桑德的吼声，从那声音知道，它还没有把那只猎犬甩掉。斯塔尔紧张地跳来跳去，第一次感到有点担心。一般的猎犬在这之前很久就会绝望地迷路了，但显然桑德没有。斯塔尔飞快地跑过山顶。

天色从清晨渐渐变成了下午，傍晚的光线越来越暗淡，桑德还在追赶斯塔尔。斯塔尔又累又饿，需要时间休息和狩猎，但是，只要桑德这样步步紧逼，它就不敢停下来。

斯塔尔绕了一个大圈，带它回到山里，朝夏天时那个让伊莱·卡特曼的猎犬困惑不解的地方跑去。岩架是个棘手的地方，它仍然相信没有猎犬能从上面下来。它跳到第一个岩架上，又跳到第二个上，再跳到第三个上。它一跃而起，正好落在戴德·马特森设下的一个陷阱里。

二十分钟后，桑德出现在岩架上。找不到下山的路，它低沉的叫声响彻荒野。

当杰克·克劳利追着那只出没的狐狸往山里走去时，他既紧张又兴奋。他心里有一种奇怪的感觉，他以前就有过，而且总是在他运气不错的时候。他也许会离开一整天，也许还会离开一整夜，也许第二天也回不去，但有一件事他是肯定的——他回去的时候，一定会带着那只神出鬼没的狐狸一起回去。

杰克顺着小路走到高处，就是斯塔尔俯瞰克劳利农场的地方，他站在那里倾听着。大多数狐狸都会跑上好久才会停下，直到很长一段时间听不到追逐它们的猎狗的动静。但它们总是绕回来，猎人则可以通过倾听猎犬的叫声来制定他的策略。最后，由于离得太远，杰克只能听到风中传来桑德微弱的吼声，能听出来桑德在月桂树丛那里，那是斯塔尔留下的迷宫般足迹的地方。然后它的声音渐渐消失，听不见了，接着，又听到它再次狂吠不止。

　　杰克跑过平坦的山顶，奔向一片阔叶林，静静地站在一棵树旁。这是一个他常有的举动；在桑德狂吠的地方，跑过一只狐狸，应该是朝着阔叶林跑来的。桑德的声音越来越近了，杰克紧张起来。他猜对了，那只神出鬼没的狐狸来了。过了一会儿，杰克看见了它，于是把猎枪扛在了肩上。

　　随后他又把枪放下来，狐狸不仅跑出了射程，而且正好是他无法射中的方向。尽管如此，杰克的预测还是正确的，只要离斯塔尔出现的地方再近二十五码，就能结束这场狩猎了。但是可不能小看那二十五码的距离，他离得还不够近。

　　杰克看着桑德从那只神出鬼没的狐狸留下的足迹上扫荡而过，然后他爬上一个高高的山头，从那里可以俯瞰周围的村庄。过了五分钟，他听到了桑德的狂吠，之后那声音又消失了。显然，那只狐狸是在山谷之中游来荡去。

　　杰克又找了另一个地方观望，寒风吹得他脸都红了。他把猎枪抱在臂弯里向前走去，步子很快，以此来让自己暖和一点。他在寒风中咧嘴一笑，因为他仍然能感觉到自己好运当头，这让他倍感兴奋。这只狐狸不愧叫做神出鬼没的狐狸，它像幽灵一样难以捉摸，但杰克还是很自信。如果有必要的话，他今晚会在山上扎营，如果饿了的话，他有足够的三明治来填饱肚子。杰夫说过这将是一场真正的狩猎，事实证明的确如此。而无论发生什么，这都将是一次难忘的狩猎。到目前为止这就已经令人难忘了。

　　已经听不见桑德的声音了，杰克爬上另一块高高的圆石，从那里可以清楚地看到周围的群山。他朝最后一次听到桑德叫声的地方走去，风越来越冷，他把上衣披在身上。夜晚即将来临，还会下更多的雪，但杰克毫不在意。

他停下了脚步，想侧耳听清那难以捉摸的声音，不知道那声音究竟是桑德的声音，还是仅仅是风声而已。接着他又听到了那声音，这次可以确定是猎狗的叫声了。随着桑德越走越近，声音也越来越大，所以杰克待在原地不动。那只猎犬就在附近的山脊上奔跑，今晚也许还有机会智胜那只神出鬼没的狐狸。

此刻，从桑德的叫声可以听出来，它待在一个地方不再跑动了。杰克听着，试图猜想出所发生的事情。他的心慢慢地往下沉。这只神出鬼没的狐狸毕竟不是他想象中的那种无往不胜的动物。它根本不是一只有超能力的狐狸，它像所有受惊的幼崽一样，逃到洞里躲起来了。

杰克听着声音朝桑德那边走去。他看见那只猎犬时，它还在一百码开外，它站在一块突出的岩石顶上往下看，还在吠叫。杰克走到狗旁边，向下看了看。

狐狸一动不动地躺着，紧贴着它热爱的土地，一动也不动。杰克透过越来越长的阴影往下看，看到了斯塔尔脚上的捕兽夹。他手放在桑德的脖子上，呆呆地站了好一会儿。然后他啪地一声扣上桑德的项圈，领着它绕过岩架。他把猎犬拴在一棵小树上，慢慢地走向那只神出鬼没的狐狸。

就在离它三英尺远的地方，斯塔尔把捕兽夹上的锁链拉到最长，它那锋利的牙在杰克的厚裤子上留下了一道清晰的口子。然后杰克的脚踩在了它身上，用靴子把狐狸按在地上。他尽可能温柔地把狐狸抱在怀里，用手捏住狐狸的脖子。接着他用膝盖压下了捕兽夹的弹簧，夹子一松，他就把斯塔尔举起来了。他几乎以

同样的动作，把狐狸放下了。

在那一瞬间，他们面对着对方，有胆量的猎物和正直的猎人。而后那只神出鬼没的狐狸像个影子似的溜进了越来越浓的黑暗中，不见了。

杰克和桑德回到克劳利农场时，天已经黑了。杰克把他的猎犬舒舒服服地安顿在后门的门廊后，疲倦地进了屋子。杰夫正在看杂志，抬起了头来。

"怎么样，小家伙？"

"我看到它了。"

"很近吗？"

杰克的母亲给他做了一顿热腾腾的晚餐，他把整个故事告诉了他们。"事情就是这样，"他最后说，"我除了欠戴德·马特森四块钱赏金以外，还欠了他一张上好的狐狸毛皮所能换来的东西。"

杰夫一时什么也没说，但他的眼神却意味深长，然后他指着杰克裤子上的斜线。

"杰克妈妈，这个活儿得你来了。"他说，"现在，孩子，你可以去我的壁橱里把那条上好的狩猎的裤子拿出来了。我想你现在可以穿了。"